नम्रता निगम

ISBN 979-8-89277-607-3

# सारांश

जीवन में हम बहुत सारी गलतियां करते रहते हैं। उनमें से कुछ तो परिस्थितियों का परिणाम होती है और कुछ के लिए सिर्फ हमारी जिद, अहम् और मूर्खता जिम्मेदार होती है। अपनी जिद और अहम् के चलते जानबूझकर हम गलतियां करते चले जाते हैं। सब कुछ जानते हुए भी कई बार हम खुद को मूर्ख बनाए रखते हैं।

ऐसी नकारात्मक परिस्थितियों से हम तभी बच सकते हैं जब हम खुद को सरल बनाए रखें। मेरी पहली किताब जिसका शीर्षक ही मैंने 'सरल' रखा है यही संदेश देना चाहती है। यह कहानी तीन औरतों की कहानी है जिसकी मुख्य किरदार शीला है। शीला का जीवन बहुत उतार-चढ़ाव से भरा हुआ है जिसमें वह खुद के अस्तित्व तक को खो देती है। उसके जीवन में सुधार तब शुरू होता है जब राधिका नाम की एक बुजुर्ग महिला उसके जीवन में आती है। परंतु उसकी असली गुरू उसकी अपनी जूनियर निकलती है।

मैंने अपनी इस पहली किताब में पूरी कोशिश करी है कि सरल शब्दों में अपनी इस कहानी को कह सकूं और कहानी को रोचक बनाते हुए पाठकों तक अपना संदेश पहुंचा सकूं।

सुबह की ताजगी दिन को बहुत सुंदर बना रही थी। शांत हवाएं, चिड़ियों की आवाजें बड़ा ही खूबसूरत सा माहौल था। दिन को शुरू करने के लिए इससे बेहतर और क्या हो सकता था?

शीला की घड़ी का अलार्म बजा सुबह के 6:00 बजे। जगती हुई आंखों से उसने अलार्म को बंद किया। रात भर नींद ना आने वाला बनावटी आलस उसके शरीर में भरा पड़ा था।

शीला 51 साल की एक कामकाजी महिला है। वह प्राइवेट हॉस्पिटल के ऑफिस में काम करती है, अपने बेटे तुषार को उसने अकेले ही बड़ा किया है। वह एक सिंगल मदर है। पिछले साल ही बेटे की शादी भी कर दी। तुषार एक प्राइवेट बैंक में मैनेजर है और दूसरे शहर में रहता है। शीला की जिम्मेदारी अब पूरी हो चुकी है और तुषार भी अपनी अलग दुनिया में रम चुका है। कल शीला की अपने बेटे से बात हुई। उसका जन्मदिन था। तुषार को ढेर सारी बधाई और आशीर्वाद दिया। उसके और तुषार के बीच अब औपचारिकता ने जगह ले ली थी।

रात भर याद करती रही कि तुषार के हर जन्मदिन को उसने कितने धूमधाम से मनाया है। जीवन के संघर्ष से ज्यादा अब अकेलेपन का संघर्ष उसके लिए अधिक भारी हो रहा था। यह सब सोचते-सोचते कब सुबह हो गई पता ही नहीं लगा।

*****

शीला के लिए अस्पताल, जहां वह काम करती थी, खास बन चुका था। वहां का स्टाफ उसके लिए परिवार जैसा तो नहीं बन पाया था लेकिन उसके अकेलेपन को दूर करने में महत्वपूर्ण भूमिका निभा रहा था। शीला सबसे सीनियर थी और युवा पीढ़ी को सिखाने में पीछे तो नहीं रहती थी लेकिन एक झुंझलाहट उसमें जरूर रहती थी। शायद, परिस्थितियां इसका कारण थी।

"शीला आंटी, कैसी हैं आप?" निकिता ने शीला को देखते ही बोला।

"बहुत ठीक।" शीला ने गंभीर होकर बोला।

"कल आपने तुषार को विश किया। कैसे हैं वह?" निकिता ने उत्सुकता से पूछा।

"हां, किया। वह खुश है।" शीला ने अजीब सी आवाज में जवाब दिया।

"आंटी, आज मैं पूड़ी और आलू लाई हूं। खुद बनाया है मैंने।" निकिता ने उत्साह के साथ बोला।

"अब तुम उसके अलावा कुछ बना भी तो नहीं पाती हो।" शीला ने अपना कंप्यूटर स्टार्ट करते हुए हल्की सी मुस्कुराहट के साथ बोला।

निकिता ने चुप रहना ही ठीक समझा।

"वह मिस्टर कश्यप की डिस्चार्ज फाइल रेडी है?" शीला ने निकिता से पूछा।

"हां आंटी, आते ही रेडी कर दी थी। प्रकाश, एचओडी सर से साइन कराने गया है बस।" निकिता ने जवाब दिया।

निकिता ने कहा, “पता है आंटी आपको, उनकी पूरी फैमिली आई है उनको लेने के लिए। बहुत खुश लग रहे थे।”

“अच्छा, बहुत लकी है।” शीला ने दबी सी आवाज में कहा।

“मैं भी जल्दी संजीव को मम्मी पापा से मिलाने वाली हूं। अपनी फैमिली लाइफ स्टार्ट करने के लिए।” निकिता ने खोई सी आवाज में हल्की मुस्कुराहट के साथ पेन घुमाते हुए कहा।

“अब निकिता जरा काम पर भी ध्यान दो और बातें कम करो। मुझे मिस्टर कश्यप की फाइल जल्दी दो।” शीला ने एक झुंझलाहट भरी अकड़ के साथ निकिता को देखते हुए कहा और दोनों काम पर लग गए। शीला ने शाम 6:00 बजे घर पहुंचते ही सबसे पहले चाय बनाई और फटाफट डिनर तैयार कर लिया। शाम को 7:00 बजते ही उसकी दोस्ती टीवी से हो जाती है और फिर 11 बजे तक वही उसका साथ निभाता है।

टीवी पर सबसे पहले वह न्यूज चलाती है। नेताओं की वाद विवाद प्रतियोगिता देखती है जहां वह हर बात को ऐसे रखते हैं कि दर्शक मंत्रमुग्ध हो जाते हैं। नेताओं के चेहरे अपार चिंताओं और भावनाओं से भरे होते हैं, ऐसा लगता है जैसे देश की सारी समस्याओं का समाधान हो ही जाएगा आज बस।

शीला भी इसी बनावटी भावुकता का शिकार हो चुकी है। जीवन के संघर्ष के बीच उसके पास इतना समय नहीं है कि वह सच झूठ का पता लगा सके। धीरे-धीरे नकारात्मकता उसके दिमाग में जड़ कर चुकी थी।

अभी सास बहू का उसका पसंदीदा सीरियल शुरू हुआ था की तभी फोन की घंटी बजी। उसने जल्दी से फोन उठाया। यह मिस्टर दीक्षित का फोन था।

“हैलो, शीला कैसी हैं आप!” दीक्षित जी बोले।

“बस भाई साहब एकदम ठीक हैं, आपका आशीर्वाद है।” शीला ने कहा।

“चलिए अच्छा लगा जानकर, सब कुशल से है। तुषार और बहू कैसे हैं?” दीक्षित जी ने पूछा

“बस अच्छे हैं। कल उसका जन्मदिन था। बात हुई थी उससे।” शीला ने कहा।

“ओह, अच्छा कल तुषार का जन्मदिन था। मुझे तो कुछ याद ही नहीं रहता अब, बुढ़ापा है। चलिए फोन करता हूं उसको मैं किसी दिन। अच्छा शीला मैंने आपको कुछ जरूरी काम से फोन किया। आपकी मदद चाहिए।” दीक्षित जी ने कहा।

“अरे भाई साहब, कैसी बातें कर रहे हैं आप, क्या बात है?” शीला बोली

“शीला, मेरी एक परिचित हैं जो मेरी दूर की बुआ लगती हैं उनको काफी दिनों से सांस लेने में तकलीफ हो रही है। काफी इलाज के बाद भी कोई सुधार नहीं दिखा। इस महीने की 15 को वह पहुंच रही हैं। मेरे फ्लैट में रहेंगी। आप अपने अस्पताल में उन्हें किसी अच्छे डॉक्टर को दिखा दीजिए। मुझे कहते हुए संकोच हो रहा है पर उनकी थोड़े दिनों के लिए जिम्मेदारी ले लिजिएगा।” दीक्षित जी ने अपनी बात को संकोच के साथ परंतु शीला पर विश्वास करते हुए कही।

“आप बेफिक्र रहिए भाई साहब उनकी पूरी देखभाल मैं करूंगी। और उनके आने की पूरी जानकारी मुझे मैसेज कर दीजिएगा।” शीला ने कहा।

“ठीक है, मैं कर देता हूं। आपका धन्यवाद। दीक्षित जी ने कहते हुए फोन रख दिया। दीक्षित जी शीला के पड़ोसी थे और कठिन वक्त में उन्होंने और उनकी पत्नी ने शीला का हमेशा साथ दिया। शीला के लिए एक वही थे जिनकी बात वह कभी टाल नहीं सकती थी। वह उसके लिए बड़े भाई की तरह थे। उनके दूसरे शहर में शिफ्ट होने के बाद से उनका यहां का फ्लैट खाली पड़ा था। जिसकी देखरेख शीला करती थी।

*****

पंद्रह को शाम 5:00 बजे, टैक्सी शीला की सोसाइटी के गेट के बाहर आकर रूकती है। आज शीला जल्दी आ गई क्योंकि उसको राधिका दीक्षित को रिसीव करना था।

"हेलो, शीला! बड़ा अच्छा लगा तुमसे मिलकर।" राधिका दीक्षित ने टैक्सी से तुरंत उतर कर शीला को गले लगा लिया।

शीला के लिए यह तो एक अजीब सी घटना थी। वह तो बहुत संकोची स्वभाव की थी। यह कौन आ गया उसका पड़ोसी बनकर, जो पहली मुलाकात में ही इतना बे तकल्लुफ है।

शीला ने धीरे से थोड़ी दूरी बनाई और उनसे पूछा, "आपको आने में कोई तकलीफ तो नहीं हुई।"

"अरे नहीं, बड़ा मस्त सफर रहा। खूब खाते पीते आई।" राधिका ने मुस्कुराते हुए कहा।

शीला ने गार्ड को सामान पहुंचाने को कहा और दोनों दीक्षित साहब के फ्लैट पर पहुंच गई।

राधिका 65-70 के बीच की होंगी। बढ़ती उम्र और बीमार होने के बावजूद उनके चेहरे पर एक तेज था। राधिका खुशमिजाज स्वभाव की थी मगर व शीला को बहुत अजीब इंसान लग रही थीं। एक अजूबा सी।

फ्लैट पहुंचकर राधिका तुरंत सोफे पर बैठ गई। वह थोड़ा हांफ रही थीं। शीला को याद आया कि दीक्षित भाई साहब ने बताया था कि राधिका को सांस की तकलीफ है। शीला तुरंत पानी लेकर आई और राधिका को दिया। राधिका ने दो घूंट पानी पीकर ग्लास किनारे रख दिया और हांफते हुए हल्की मुस्कुराहट के साथ फ्लैट को गौर से देखते हुए शीला से बोली, "तुमने अच्छे से फ्लैट का

ख्याल रखा है। सभी सामानों का अच्छे से इंतजाम कर दिया है। रवि कह रहा था, शीला के रहते चिंता नहीं। वह बहुत गुणी है।"

"भाई साहब तो ऐसे ही कहते हैं। कल सुबह 10:00 बजे का डॉक्टर से अपॉइंटमेंट लिया है। आप मेरे साथ ही चलिएगा।" शीला ने संकोच के साथ राधिका को बोला।

"हां और क्या? तुम्हारे साथ ही चलूंगी। राधिका बोली।

"आपका खाना दे जाती हूं। कल से कुक आपका खाना बनाने आएगी।" शीला ने उन्हें बताया।

*****

अस्पताल में डॉक्टर कौशिक को दिखाने के बाद शीला ने राधिका के सारे टेस्ट भी तुरंत करा दिए जो डॉक्टर कौशिक ने बताए थे।

"टेस्ट की रिपोर्ट कब तक आएगी शीला?" राधिका ने पूछा।

"हमम्! कुछ की शाम तक और कुछ की दो-तीन दिन में।" शीला बोली।

"वैसे रुतबा है तुम्हारा अस्पताल में।" राधिका ने एक हल्की हंसी के साथ शीला से कहा।

"इतने सालों से काम कर रही हूं यहां, कुछ फायदा तो मिलना चाहिए।" शीला ने बड़ी ही भावहीन आवाज में जवाब दिया।

"शीला आंटी, कहां है आज आप?" निकिता ने शीला को आवाज लगाते हुए पूछा।

"ओहो निकिता, इनसे मिलो यह है राधिका जी। तुम्हें बताया था न मैंने इनके बारे में।" शीला ने निकिता से राधिका को मिलवाते हुए कहा।

"नमस्ते निकिता, कैसी हो बेटा?" राधिका ने निकिता की ओर देखकर कहा। निकिता को यह सुनकर बहुत अलग सा लगा लेकिन बहुत अच्छा भी महसूस हुआ। वह शीला के साथ करीब 2 साल से काम कर रही है लेकिन शीला ने कभी उसके साथ इतना मधुर व्यवहार नहीं किया होगा। हां, खयाल बहुत रखा है।

"जी आंटी, मैं तो ठीक हूं।" निकिता ने हाथ जोड़ते हुए कहा।

"तुम शीला के साथ काम करती हो ना। कभी घर आना।" राधिका ने शीला की ओर देखते हुए निकिता से कहा।

“हां जी, आंटी! हमेशा आने को तैयार रहती हूं। लेकिन शीला आंटी कोई ना कोई बहाना करके मना कर देती हैं। केवल एक ही बार गई हूं इनके घर।” निकिता ने शिकायत के अंदाज में कहा।

“हां, थोड़ा अलग है।” राधिका ने निकिता के कान के पास अपना मुंह ले जाते हुए धीरे से कहा। राधिका और निकिता में उम्र से परे एक अनकही सी दोस्ती की शुरुआत हो चुकी थी।

*****

शाम के 6:00 बजे, शीला चाय के साथ टीवी से दोस्ती निभा रही थी कि तभी दरवाजे की घंटी बजी। "इस समय कौन आ गया?" शीला ने सोफे से उठते हुए कहा।

"अरे! आज कामना खाना बनाने आई तो गरम गरम पकौड़े खाने का मन कर गया। तो फिर मैंने बनवा लिए और सोचा जब तुम साथ हो तो अकेले अकेले क्या खाना?" शीला के दरवाजा खोलने पर बिना तकल्लुफ के अंदर घुसते हुए राधिका ने कहा।

"यह क्या है?" शीला ने स्तब्ध सी आवाज में बोला।

"पकौड़े हैं, अभी बोला तो मैंने।" राधिका ने पकौड़ों की तरफ देखते हुए कहा।

"कभी दीक्षित भाई साहब और भाभी भी ऐसे नहीं आए।" शीला ने थोड़ा झल्लाहट भरी आवाज में कहा।

"हां, रवि और मीना को पकौड़े ज्यादा पसंद नहीं हैं।" राधिका ने पकौड़ों से भरी प्लेट को किनारे रखकर मजाक भरी नजरों से शीला को देखते हुए कहा। शीला के चेहरे से झुंझलाहट साफ दिख रही थी। उसे अपने एकांत में किसी की दखलअंदाजी पसंद नहीं थी। यह अलग बात थी की उसका अकेलापन उसकी सबसे बड़ी बीमारी थी। जिसने उसको समाज में एक अजीबोगरीब इंसान का दर्जा दिला दिया था। लेकिन इस अकेलेपन की उसे आदत सी पड़ गई थी और जिस से निकलने की उसने कभी कोशिश भी नहीं की थी। राधिका जो उसके एकदम विपरीत स्वभाव की थीं लेकिन किसी की भी पीड़ा को भांपने की काबिलियत रखती थीं। शीला की हर मानसिक तकलीफ को वह समझ चुकी थीं और उनकी एक दोस्ताना कोशिश की शुरुआत 'चाय' के साथ हो रही थी।

"चाय अच्छी बनाती हो तुम।" राधिका ने शीला की बनाई हुई चाय की चुस्की लेते हुए कहा। "पर नाराजगी भी दिख रही है तुम्हारी चाय में चीनी जरा सी कम है।" राधिका ने हल्की सी मुस्कुराहट के साथ गंभीर होकर बोला।

"अच्छा! मुझे अंदाजा नहीं लगा।" शीला ने कहा।

"नाराजगी की कोई बात नहीं है। यह दोस्ती यारी, साथ में चाय पीना, वगैरह यह सब अजीब लग रहा है मुझे। अकेले रहना अच्छा लगता है मुझे।" शीला ने थोड़ी झल्लाहट के साथ कहा।

"अभी बहुत कुछ ज़ानना है तुम्हें अपने बारे में।"

राधिका ने चाय पीते पीते एक मजाक से भरी गंभीर आवाज में कहा।

"क्या?" शीला ने आश्चर्य के साथ पूछा।

"तुमको सत्संग जाना चाहिए।"

राधिका मुस्कुराते हुए बोली।

"सत्संग! यह क्या है?" शीला ने आश्चर्य से पूछा।

"अब यह सब किस लिए?" शीला ने अपने प्रश्न को आगे बढ़ाते हुए कहा।

"सत्संग जाना अच्छी बात है। तुम्हें अपने आपको जानने का मौका मिलेगा। तुम्हारी सोसाइटी के पास ही तो शिविर लगता है। तुम्हें बताया नहीं ना मैंने, कल गई थी मैं सत्संग। ऊपर वाली मिसेज शर्मा के साथ, उनसे अच्छी जान पहचान हो गई है मेरी।" राधिका ने कहा।

“क्या? आप सत्संग गई थी! वह भी मिसेज शर्मा के साथ। खैर, आप तो किसी से भी दोस्ती कर सकती हैं। वैसे यह सत्संग जाकर क्या मिला आपको?”

शीला ने थोड़ा तल्ख आवाज में पूछा।

“हां, काफी दिनों बाद गई। बहुत सारे लोगों से जान पहचान भी हो गई।” राधिका ने धीरे से कहा।

“यह आपको जान पहचान बनाने का इतना शौक क्यों है? और, यह खुद को पहचाने वाली बात आपने मुझसे क्यों कही?” शीला के चेहरे पर अजीब सा भाव था।

“और यह सत्संग से क्या होता है। दुनिया सुधर गई क्या? सब लोग क्या सही रास्ते पर चलने लगे।” शीला ने अपनी बात आगे बढ़ाते हुए कहा।

“तुम इतना गुस्सा क्यों होने लगी? मैं सत्संग जाती हूं क्योंकि मुझे अच्छा लगता है। और रही तुम्हें खुद को पहचानने वाली बात तो मैं कहना चाहती थी कि खुद को इतना कठोर क्यों दिखाती हो? कोमल मन की इंसान हो तुम।” राधिका बोली

“कोमल मन की और मैं?” शीला ने आश्चर्य के साथ राधिका से कहा।

“वैसे तुम सत्संग नहीं जाना चाहती हो तो पब या नाइट क्लब ही चली जाया करो।” राधिका ने शीला को चिढ़ाते हुए कहा।

“बुढ़ापा है सुधर जाइए। वैसे सत्संग भी हो कर आई हैं आप।” शीला ने भी राधिका को थोड़ा चढ़ाते हुए कहा।

"सुधरने के दिन तो बचपन में ही चले गए और अगर बिगड़ेंगे नहीं तो सत्संग जाने का क्या फायदा?" राधिका ने हंसी के साथ खूबसूरती से जवाब दिया।

"अच्छा तो यह बात है!" शीला भी धीरे से ही सही लेकिन हंस पड़ी।

*****

आज राधिका की सारी रिपोर्ट आ गई थी। शीला ने सारी रिपोर्ट और डॉक्टर कौशिक से सलाह करने उनके केबिन में गई।

"क्या प्रॉब्लम है सर उन्हें?" शीला ने डॉ कौशिक को रिपोर्ट दिखाते हुए पूछा।

"आसान शब्दों में शीला यह है कि उनके हॉर्ट को पंपिंग करने में ज्यादा जोर लगाना पड़ रहा है। शी नीड्स प्रॉपर रेस्ट मोस्ट ऑफ द टाइम। साल भर की ट्रीटमेंट तो है ही और कुछ मेडिसिन तो उन्हें लाइफ भर खानी होंगी।" डॉ कौशिक ने शीला को समझाते हुए कहा।

"ओके डॉक्टर, आई विल टेक केयर ऑफ हर। जब तक वह मेरे पास है तब तक कम से कम।"

शीला ने एक जिम्मेदारी भरी नजरों से डॉ कौशिक को आश्वासन देते हुए कहा और उनको धन्यवाद कहते हुए केबिन से बाहर आ गई। शीला लगातार राधिका के बारे में सोच रही थी। उसे भी समझ नहीं आ रहा था कि उसने इतने निसंकोच होकर उनसे कैसे बात कर ली। लेकिन, जो भी था इतनी थोड़ी सी बातचीत के बाद भी उसे अपना मन शांत लग रहा था। बहुत दिनों बाद शायद वह दिल से मुस्कुराई थी। राधिका का ख्याल रखना उसे अच्छा लग रहा था। वह अपने विचारों में खोई हुई थी कि तभी निकिता ने कहा,

"आंटी, कल मैं आऊंगी आपके यहां।"

"तुम क्यों आने वाली हो?"

शीला ने आश्चर्य के साथ निकिता से पूछा।

"क्यों? मैं ना आऊं आपके यहां वो राधिका आंटी का हाल-चाल लेने आना है।" निकिता बोली।

"अब तुम इतनी फिक्र क्यों कर रही हो। वैसे, राधिका आंटी के घर जा रही हो या मेरे घर आ रही हो?" शीला ने पूछा।

"आंटी, आपके घर आऊंगी और आप मुझे राधिका आंटी के पास ले जाएंगी।" निकिता ने बिना किसी संकोच के शीला से कहा।

"अच्छा, अब यही काम है मेरे पास। तुम निकिता! इतनी ज्यादा बेतकल्लुफ मत हो जाया करो। तुमको जाना है तो सीधे राधिका आंटी से मिलने चली जाना। मुझसे नंबर ले लेना। मुझे रविवार को आराम करने देना।" शीला ने अपने कंप्यूटर पर काम करते हुए कहा।

"ठीक है लेकिन थोड़ी देर के लिए तो आऊंगी ही।" निकिता ने थोड़ा झुंझलाते हुए कहा।

"उफ! तुम भी कोई कम नहीं हो। लिखो नंबर उनका।" शीला ने गंभीर नजरों से निकिता को घूरते हुए राधिका का नंबर उसको दे दिया। फिर दोनों अपने अपने काम में लग गयीं।

*****

रविवार की सुबह कुछ अलग ही बात होती है। एक मीठा सा आलस भी चढ़ा रहता है और बहुत सारे कामों की लिस्ट भी तैयार रहती है। सुबह के बढ़िया नाश्ते से लेकर डिनर तक का मैन्यू भी तैयार रहता है। सबसे खास दिन शायद रविवार ही है हफ्ते का। लेकिन शीला के लिए रविवार और दिनों से भी अधिक बोर होता है। खास बात बस यही होती है कि वह अपने पेड़ पौधों को समय दे पाती है। बागवानी का बहुत शौक है उसे। लेकिन आज सुबह से ही लग रहा था कि आज का दिन कुछ खास है। न चाहते हुए भी वह निकिता का इंतजार कर रही थी। वह अपनी बालकनी के छोटे से बगीचे में व्यस्त थी कि तभी दरवाजे की घंटी बजी।

"कामना जरा देखो दरवाजे पर कौन है?"

शीला ने बगीचे में काम करते हुए अपनी कामवाली से कहा।

"अरे! राधिका मौसी आप?"

कामना ने राधिका को देखते ही कहा।

"अरे, कामना कैसी हो? आ गई काम पर। शीला के यहां काम खत्म करके मेरे यहां जल्दी आ जाना। आज शाम के लिए कुछ खास नाश्ते बनवाने हैं। पकौड़े लेकिन गरमा गरम शाम को ही बनाना।" राधिका कामना को देखती हुई बोली।

"आज शाम को कुछ खास है क्या मौसी?" कामना ने उत्सुकता से पूछा।

"हां, खास दोस्त आने वाली है। वैसे तुम्हारी मैडम कहां है?" राधिका ने पूछा।

"वह बालकनी में पेड़ पौधों के साथ हैं।" कामना ने जवाब दिया।

“अच्छा अच्छा, चलो कुछ तो अच्छा करती है।” यह कहते हुए राधिका बालकनी पर शीला से मिलने पहुंच गई।

“गुड मॉर्निंग शीला।” राधिका ने उत्साह के साथ शीला से कहा।

“ओह, आप सुबह-सुबह, गुड मॉर्निंग।” शीला ने एक प्रश्न के साथ राधिका के गुड मॉर्निंग का जवाब दिया।

“तुम्हारे स्वागत करने का तरीका ही निराला है।”

राधिका ने शीला के बगल में रखी हुई कुर्सी पर बैठते हुए कहा। शीला भी उन्हें देख कर मुस्कुरा दी और पौधे की कटिंग करने में लगी रही। राधिका के चेहरे से जहां सुबह की ताजगी की झलक रही थी वहीं शीला को देखकर कोई भी कह सकता था कि रात भर वह ठीक से सो नहीं पाई।

“कुछ उदास लग रही हो शीला, रात में ठीक से सोई नहीं क्या?” शीला के चेहरे को ध्यान से देखते हुए राधिका ने कहा।

“हां, थोड़ा नींद कम आती।” शीला ने अपनी तकलीफ को छुपाते हुए कहा।

“बेटे से बात हुई तुम्हारी?” राधिका ने पूछा।

“हां, कल रात हुई थी।”

शीला ने थोड़ी झिझक के साथ जवाब दिया।

“सब ठीक है ना?” राधिका ने पूछा।

“हां हां राधिका जी सब ठीक है।” शीला ने बालकनी में टहलते हुए कहा।

"वैसे आज आप यहां सुबह सुबह। सत्संग नहीं गयी आप?" शीला ने बात बदलते हुए कहा।

"अरे हां, निकिता का फोन आया था कल। आज शाम को आएगी। मुझसे कह रही थी कि शीला आंटी के घर नहीं जाऊंगी, उन्होंने मना किया है।" राधिका ने थोड़ा हंसते हुए कहा।

"अरे, मैंने कोई मना नहीं किया। वैसे क्या करेगी आकर? अपना और मेरा दोनों का रविवार खराब करेगी। रोज ही तो मिलते हैं।"

शीला ने अपनी बात पर सफाई देते हुए कहा।

"हां ठीक है, वैसे वह मेरे यहां आ रही है। मैंने सोचा कि चलो पार्टी कर लेते हैं। तुम भी आ जाना शाम को 5:30 तक।"

राधिका ने शीला को एक आदर्श दोस्त की तरह आमंत्रित करते हुए कहा।

"यह सब क्या है? यह टी पार्टी क्या होती है? मुझे यह सब पसंद नहीं है।" शीला ने झल्लाकर कहा।

"अरे मुझे पता है तुम्हें यह सब पसंद नहीं है। फिर भी आ जाना निकिता को अच्छा लगेगा।" राधिका ने बड़ों की तरह उसे समझाते हुए कहा।

"यह निकिता का इतना स्वागत करने की क्या जरूरत है? आना है तो आएगी और थोड़ी देर बैठ कर चली जाएगी।" शीला की झुंझलाहट उसकी बात और आवाज पर पूरी तरह से हावी थी।

"तुम बस आ जाना। अच्छा लगेगा तुम्हें भी। अपने चाहने वालों के साथ भी समय बिताना चाहिए।" राधिका ने ज्यादा कुछ

ना बोलते हुए शीला के कंधे पर हाथ रखते हुए कहा और फिर अपने फ्लैट को वापस आ गयी। शीला अभी भी झुंझलाहट के साथ खड़ी थी। उसका मन तो जाने को कर रहा था लेकिन उसका अहम् हमेशा की तरह रोड़ा बन रहा था।

*****

शीला शाम को जैसे ही राधिका के यहां पहुंची तरह-तरह के व्यंजन टेबल की शोभा बढ़ा रहे थे।

"अरे वाह! अच्छा हुआ मैं आ गई।" शीला ने आलू का पापड़ चखते हुए कहा।

"कयों तुम नहीं आने वाली थी क्या?"

राधिका ने पानी की बोतल टेबल पर रखते हुए पूछा।

"आपने बुलाया था तो जरूरी आती।" शीला ने कुछ झिझकते हुए कहा।

"चलो मेरी बात का असर तो हुआ तुम पर।" राधिका ने धीरे से कहा।

"वैसे निकिता ने बड़ा जादू कर दिया है आप पर। उसकी खातिरदारी का जोरदार इंतजाम किया है आपने।" शीला ने गुलाब जामुन की तरफ देखते हुए कहा।

"अरे कोई खातिरदारी वाली बात नहीं है। मुझे खाने और खिलाने दोनों का शौक है। यहां तुम और निकिता ही तो मेरे दोस्त हो। वहां अपने शहर में थी तो अलग बात थी। अब इस शहर में भी तो मन लगाना है।" राधिका ने मुस्कुराते हुए शीला की बात का जवाब दिया।

"लग जाएगा आपका मन। मेरा तो पता नहीं लेकिन निकिता के साथ आपकी अच्छी जमेगी। आप दोनों बहुत बोलते हो।" शीला ने थोड़ा हंसते हुए कहा।

"अरे तुम्हारे साथ भी जमेगी। तुम भी शौकीन हो बस दिखाती नहीं हो। मुझे तो तुम छुपी रुस्तम लगती हो।" राधिका बोली और उनकी बात सुनकर शीला सिर झुका कर धीरे से हंस दी।

“वैसे खाने का शौक तो ठीक है लेकिन परहेज करना है आपको।” शीला ने प्यार भरी डांट के साथ कहा।

“हां हां सब पता है मुझे परहेज के बारे में।” राधिका ने बनावटी गुस्से के साथ शीला की ओर देखते हुए कहा।

राधिका समझ चुकी थी कि ऊपर से कठोर दिखने वाली शीला सबका ध्यान रखना अच्छे से जानती है। दरवाजे पर जैसे ही घंटी बजी राधिका और शीला ने एक साथ कहा, “लगता है निकिता आ गई।” राधिका तुरंत उठीं और दरवाजा खोला।

“अरे वाह आंटी बड़ी खुशबू आ रही है।” निकिता ने घर के अंदर घुसते ही कहा।

“तुम्हारा मनपसंद आलू पूरी भी बनाया है।” राधिका ने निकिता की खुशी को बढ़ाते हुए कहा। “अरे आंटी! आपको कैसे पता कि मुझे आलू पूरी पसंद है।” निकिता ने आश्चर्य के साथ पूछा। “तुम्हारी शीला आंटी से और किससे भला?” राधिका शीला की तरफ देखते हुए बोलीं।

“शीला आंटी जो दिखती हैं वह हैं नहीं। वैसे तो हमेशा पूरी आलू लाने पर नाराज हो जाती हैं और आपको मेरी पसंद बता रही हैं।” निकिता ने मजे लेते हुए कहा।

“अब रोज खाकर कौन बोर नहीं हो जाएगा भला?” शीला ने टेबल पर से एक मैगजीन उठाते हुए कहा।

“यह तो शीला ने ठीक कहा।” राधिका बोलीं।

“आंटी मैं तो बोर नहीं हुई।” निकिता ने टेबल पर से पूरी आलू का एक निवाला मुंह में डालते हुए कहा।

“अरे निकिता आराम से बैठो, सब तुम्हारे लिए ही बनाया है।” राधिका ने मुस्कुराते हुए उसे बैठने का इशारा किया।

“कहां से आ रही हो निकिता? मार्केट से?” राधिका ने निकिता जो पैकेट साथ लाई थी उसकी तरफ इशारा करते हुए कहा।

“अरे नहीं आंटी, मार्केट नहीं गई थी। आज फुर्सत रहती है तो मैं और संजीव भी थोड़ा समय साथ बिता लेते हैं। उसी ने एक छोटा सा गिफ्ट दिया है। सोचा आपके सामने खोलूंगी। मेरे मम्मी पापा थोड़े कंजरवेटिव विचारों के हैं, मैं उनसे हर बात शेयर नहीं कर पाती।” निकिता ने बड़ी ही तसल्ली के साथ राधिका से अपनी बात कही।

“और यह मैडम बड़े ही ‘ओपन’ विचारों की हैं।” शीला ने राधिका की ओर देखते हुए निकिता पर तंज कसा।

“शीला आंटी तो मुझे ऐसे ही बोलतीं हैं।” निकिता ने बनावटी गुस्सा करते हुए कहा।

“अरे तुम दोनों क्या हमेशा ऐसे ही नोकझोंक करती रहती हो।” राधिका हंसते हुए बोलीं।

“तो निकिता तुम संजीव से प्यार करती हो और उससे शादी करना चाहती हो?” राधिका ने निकिता से उत्सुकता के साथ पूछा।

“हां आंटी, करना तो है। संजीव की फैमिली तो तैयार है पर मैंने अभी तक अपने पैरंट्स से बात नहीं करी है। संजीव हमारी कास्ट का नहीं है ना। वैसे तो वह बहुत अच्छा लड़का है, अच्छी नौकरी में है और सबसे बड़ी बात यह है कि मुझसे बहुत प्यार करता है।” निकिता ने धीमी सी आवाज में संजीव के बारे में बताते हुए कहा।

“संजीव अच्छा है या नहीं तुम यह कैसे कह सकती हो? थोड़े समय की मुलाकातों से तुम किसी के बारे में कोई निर्णय नहीं ले सकती।” शीला ने गंभीर आवाज में निकिता से कहा। “ऐसा नहीं है आंटी, मैं उसे कॉलेज के दिनों से जानती हूं। बहुत साल से हम साथ हैं। मैं कोई बचपना नहीं कर रही हूं। मैंने बहुत सोच समझकर उससे शादी करने का निर्णय लिया है।” निकिता ने पूरे जोर के साथ अपना पक्ष रखते हुए कहा।

“यही तो मैं कहना चाहती हूं कि तुम शादी को लेकर क्यों इतना परेशान हो? बस संजीव के साथ मिलकर और थोड़ा बहुत रविवार के दिन समय साथ में व्यतीत करके खुश रहो।” शीला ने निकिता को समझाते हुए कहा।

“क्या कह रहीं हैं आंटी आप?” निकिता ने आश्चर्य के साथ पूछा।

“शीला, क्या बोल रही हो निकिता को तुम?” राधिका ने भी शीला को टोकते हुए कहा।

“निकिता, तुम हमेशा सलाह मांगती हो कि आंटी संजीव को कैसे मम्मी पापा से मिलवाउं? मेरी सलाह है कि मम्मी पापा से संजीव को मिलाने की कोई जरूरत नहीं है। संजीव हो या फिर कोई और लड़का।” शीला ने तल्ख आवाज में निकिता को बोला।

“पर क्यों आंटी? मैं भी एक खुशहाल जीवन बिताना चाहती हूं। अपना खुद का परिवार चाहती हूं। आपकी सलाह मुझे अजीब लग रही है।” निकिता ने गंभीर आवाज में कहा।

“तुम एक आत्मनिर्भर लड़की हो निकिता। क्यों अपनी जिंदगी खराब करना चाहती हो शादी के चक्कर में फंसकर। ठीक-ठाक कमा

रही हो फिर क्यों किसी की गुलामी करना चाहती हो?" शीला ने निकिता की बातों को अनसुना करते हुए अपनी बात तेज आवाज में कही।

"इसमें गुलामी वाली क्या बात है? हम दोनों एक दूसरे से प्यार करते हैं और एक दूसरे का जीवन भर साथ निभाना चाहते हैं। अगर एक दूसरे की खुशी के लिए कुछ समझौते करने पड़ते हैं तो वह भी हमें खुशी ही देते हैं।" निकिता ने अपनी बात को स्पष्ट करते हुए बड़ी संजीदगी के साथ कहा।

"समझौते? यह सब सुनने में बहुत अच्छा लगता है पर सच तो यह है कि समझौता करना किसी को अच्छा नहीं लगता। तुषार ने भी अपने मन से शादी करी और अब देखो हर वक्त अपनी पत्नी की सुनता रहता है। वह माने या न माने पर मुझे नहीं लगता कि वह दिल से खुश है।" शीला की आवाज में एक चिढ़ सी झलक रही थी।

"क्यों ऐसा सोचती हैं आंटी आप? तुषार खुश है। यह आपकी बेकार की गलतफहमी है।" निकिता ने शीला से आंखें चुराते हुए गुस्से से कहा।

"ठीक है, तुम्हारी जिंदगी, जैसा मन करे वह करो तुम।" शीला ने भी एक अजीब से भाव के साथ निकिता से कहा।

"आंटी आप भी ना!" निकिता बस यह कह कर चुप हो गई। तीनों कुछ देर के लिए चुप हो गए फिर राधिका ने कहा, "यह सब क्या बहस करने लग गई तुम दोनों। निकिता, तुम हमेशा खुश रहो और एक अच्छा जीवन जियो यही मेरी प्रार्थना है तुम्हारे लिए।"

"मैं भी यही चाहती हूं।" शीला धीरे से बोली।

"हां! बस आप सब बड़ों का आशीर्वाद चाहिए।" निकिता ने अपने गुस्से को शांत करते हुए शीला और राधिका से कहा।

"तो निकिता, खाने के साथ क्या सुनना पसंद करोगी।" राधिका ने मोबाइल पर गाने चलाते हुए कहा।

"अरे क्या राधिका आंटी! मोहम्मद रफी अच्छे हैं पर जरा किसी नए सिंगर के गाने चलाइए, न।" निकिता ने मुस्कुराते हुए कहा।

"तो चलो डांस करते हैं, क्यों निकिता? "राधिका ने मोबाइल पर डांस वाले गाने ढूंढते हुए उत्साह के साथ कहा। "डांस कौन करेगा?" शीला ने आंखें घुमाते हुए पूछा।

"निकिता को तो करना ही करना है लेकिन शुरुआत तो तुम ही करोगी आखिर तुम उसकी सीनियर जो हो।" राधिका ने गाना चला दिया और कंधे मटकाते हुए शीला को डांस करने का इशारा किया। सूट सूट करदा गाना कमरे में गूंजने लगा।

"अरे यह क्या? एक तो आप दोनों के लिए आ गई और अब डांस भी?" शीला ने चेहरा बनाते हुए कहा। लेकिन उसके चेहरे से खुशी भी साफ झलक रही थी। निकिता तुरंत उठी और डांस करते हुए उसने शीला को भी उठा दिया और पता नहीं क्यों वह मना नहीं कर पाई। राधिका भी तुरंत उठकर दोनों के साथ हल्के-फुल्के ठुमके लगाने लगी।

"अरे आप क्या कर रही हैं? आपको पता है ना कि आपको हार्ट का प्रॉब्लम है।" शीला ने राधिका को रोका।

"अरे ठीक है तुम लोगों के साथ थोड़ा मस्ती करना तो बनता है। तुम चिंता मत करो।" राधिका ने हंसते हुए शीला को रोका और अपने अंदाज में डांस करती रही।

"वाह निकिता तुम तो जोरदार हो।" राधिका ने निकिता का डांस देखते हुए कहा। तीनों अपने-अपने अंदाज में मस्ती करते रहे और कब घड़ी ने 8:00 बजा दिए पता ही नहीं चला।

"ओहो आंटी 8:00 बज गए। मुझे चलना चाहिए नहीं तो पापा नाराज होंगे।" निकिता ने घड़ी देखते हुए चिंता से भरी आवाज में कहा।

"हां निकिता अब निकलो। मैं भी चलती हूं। कल अस्पताल भी जाना है।" शीला ने भी घड़ी की तरफ देखते हुए कहा।

"तुम्हें तो बहुत दूर जाना है।" राधिका शीला पर तंज करती हुई बोलीं।

"अरे जाना तो है ना दूर या पास से क्या मतलब है।" शीला थोड़ी सी तेज आवाज में बोली। "अच्छा आंटी मैं तो चलती हूं।" निकिता ने उठते हुए कहा। दरवाजे की तरफ बढ़ते हुए निकिता बोली, "आंटी मजा आ गया। खाना तो बहुत अच्छा था ही पर बहुत दिनों बाद ऐसी मस्ती करी।"

"हां अच्छा तो लगा।" शीला ने भी धीमी सी आवाज में कहा।

"मुझे भी बहुत अच्छा लगा। नया शहर, नये दोस्त, और नया माहौल सब कुछ बहुत आनंद दे रहे हैं।" राधिका भी एक तेज सांस के साथ बोलीं।

"वह क्या है आंटी? हम लोग अस्पताल में काम करते हैं ना तो खुशी और गम साथ साथ देखने की आदत है। केवल खुशी देख कर अच्छा लगा।" निकिता दरवाजे पर टिक कर सिर झुका कर बोली।

"बड़ी गंभीर हो गई तुम तो।" शीला ने धीरे से निकिता की तरफ देखते हुए कहा।

“अरे बहुत समझदार है निकिता। तुम संजीव को मिलाना अपने मम्मी पापा से।” राधिका निकिता के सिर पर हाथ फेरते हुए बोलीं।

“फिर संजीव!” शीला थोड़े बनावटी गुस्से के साथ तेज आवाज में बोली।

“ओके आंटी, बाय!” निकिता ने बिना ज्यादा कुछ कहे सबसे विदा ली और वहां से निकल गई। शीला भी राधिका को गुड नाइट कह कर अपने फ्लैट को वापस आ गई।

*****

शीला रात का सीरियल देखने के लिए टीवी चला कर बैठी है लेकिन आज उसका मन कुछ भटका हुआ है। आज बहुत दिनों बाद बहुत शांत महसूस कर रही थी। लेकिन इसके बावजूद उसके दिमाग में तरह-तरह के प्रश्न आते जा रहे थे। इनमें से कुछ का उत्तर तो वो समझ रही थी लेकिन बहुत से प्रश्न उसे उलझा कर रख दे रहे थे। जीवन में वो इतना अकेलापन क्यों सह रही है जबकि उसके चारों तरफ इतने कारण हैं खुश होने के। वह और राजेश अपनी इच्छा से अलग हुई थे। फिर क्यों उसने जीना छोड़ दिया? अपने आप को एक जबरदस्ती का कठोर देखने वाला इंसान बना दिया। वह भावुक शीला कहां खो गई जो दूसरों को आंसू देख कर रो पड़ती थी। यह सब सवाल लगातार शीला के दिल में कांटे की तरह चुभ रहे थे। वह चाहकर भी इन सवालों के जाल से निकल नहीं पा रही थी। वह यह सब सोच ही रही थी कि तभी दरवाजे की घंटी बजी। शीला ने तुरंत उठकर दरवाजा खोला।

“पता नहीं क्यों मुझे लग रहा था कि आप ही आई होंगी।” शीला ने दरवाजे पर राधिका को देखते ही कहा।

“अच्छा, कैसे? मैं तो बस यह आलू की सब्जी देने चली आई। सुबह तुम्हारे नाश्ते के काम आएगी।” राधिका ने आलू की सब्जी को टेबल पर रखते हुए कहा।

“याद कर रही थी मैं आपको।” शीला ने बैठते हुए कहा।

“थोड़ी देर बैठिए अगर जल्दी ना हो तो? आप जल्दी सोती हैं?” शीला ने राधिका को बैठने का इशारा करते हुए प्रश्न किया।

“बुढ़ापे में नींद कहां आती है। तुमको तो वैसे भी कम नींद आती है।” राधिका ने शीला को छेड़ते हुए कहा।

“हां, अब तो मेरा भी बुढ़ापा आ ही गया है, शायद थोड़ा समय से पहले।” शीला ने राधिका की ओर देखते हुए गंभीर आवाज में कहा।

“बहुत कुछ चलता रहता है तुम्हारे दिमाग में।” राधिका शीला की मन की बात जानने की इच्छा से पूछा।

“क्या करूं? आप जैसी नहीं हूं मैं। बातें तो बहुत है कहने को पर किससे कहूं? शायद आप जैसा कोई मिला नहीं जो समझ सके।” शीला ने हल्की सांसे भरते हुए कहा।

“तो अब मिल गया ना! अब कह डालो, मन हल्का हो जाएगा तुम्हारा।” राधिका ने धीमी आवाज में शीला की ओर देते हुए कहा। शीला कुछ देर के लिए खामोश हो गई और कमरे के चारों तरफ देते हुए थोड़ी तेज आवाज में बोली।

“आपको थोड़ा अजीब लग रहा होगा जो मैंने निकिता से कहा वह सब सुनकर।

“हां, थोड़ा अजीब लगने वाली बात तो थी ही।” राधिका बोली।

शीला ने अपनी बात को आगे बढ़ाते हुए कहा, “मैं क्या करूं? मेरा अनुभव ही कड़वा है। मैं जानती हूं कि निकिता समझदार लड़की है और उसकी पसंद भी अच्छी ही होगी। पर, पता नहीं क्यों मेरा शादी पर से ही विश्वास उठ चुका है।”

“अपना अनुभव कड़वा हो तो इसका अर्थ या नहीं है कि वह दूसरे के लिए भी खराब हो। निकिता से ऐसी बातें करके तुमने उसके मन को दुखी कर दिया। उसके जीवन की यह नई शुरुआत है और हमारा काम इन बच्चों को रिश्तो की अहमियत बताना है।” राधिका ने शीला को समझाते हुए कहा।

“जानती हूं पर मैं तो खुद ही नहीं सीख पाई।” शीला ने ठंडी सांस लेते हुए सोफे पर सिर टिकाते हुए कहा और थोड़ी देर के लिए शांत हो गई। राधिका भी कुछ ना बोलीं। कभी-कभी खामोशियां भी साहस देती है दिल को खोल देने का।

शीला ने धीरे से सिर उठाया और अपनी बात को कहना शुरू किया।

“राजेश और मैं कॉलेज में साथ साथ थे। पहले दिन ही पहली नजर में हमें एक दूसरे से प्यार हो गया था। धीरे-धीरे हालात ये हो गए थे कि हम एक दूसरे के बिना नहीं रह सकते थे। बड़ी मुश्किल से हमने अपने मां-बाप को मनाया। मुझे आज भी याद है कि राजेश की दादी को मनाने के लिए हमें कितने पापड़ बेलने पड़े थे। हमने शादी करी और इस घर में अपनी एक छोटी सी दुनिया बनाई। दो साल बाद तुषार भी हो गया। सब कुछ अच्छा चलता रहा लेकिन मैं और राजेश अपने अहम् में उलझे रहे। निकिता ने सही कहा था कि प्यार में समझौते करने पड़ते हैं। लेकिन मैं और राजेश यह नहीं कर पाए। कभी मां-बाप को लेकर तो कभी तुषार को लेकर हम हर बात में झगड़ने लगे। प्यार बहुत था हम दोनों में शायद इसलिए किसी तरह इस रिश्ते को घसीटते रहे। 14 साल बाद हमने इस बोझ से खुद को अलग कर लिया।”

अपनी बात को कहते कहते शीला भावुक हो गई। उसकी आंख से आंसू छलक पड़े। रूआंसी आवाज में उसने कहा, “हमने खुद अपना परिवार तोड़ा और हमारे बीच की दरार 12 साल की तुषार को भी सहनी पड़ी।”

राधिका बहुत शांत होकर शीला की हर एक बात को ध्यान से सुन रही थी पर वह निश्चिंत थी कि शीला ने कम से कम अपने

दिल की बात कहने की हिम्मत तो दिखाई। जो धीरे से अपनी जगह से उठी और शीला के बगल में जाकर बैठ गई। शीला के कंधे पर हाथ रख कर बोलीं, "बातें कर लेना अच्छा होता है। हम इंसान हैं, गलती तो करेंगे ही और गलती करने की सजा तो सहन ही पड़ती है। लेकिन, गलतियों को सुधारा भी जा सकता है।"

शीला ने अपने आंसू पूछते हुए मुश्किल से चेहरे पर हंसी लाकर राधिका की तरफ देखते हुए कहा, "यह गलती तो चुंबक की तरह चिपक चुकी है हमारे जीवन में। मेरे और राजेश के जीवन में अकेलेपन के सिवा कुछ नहीं है अब। तुषार भी अपने नए जीवन में रम चुका है।" शीला थोड़ी देर रुकी और गहरी सांस लेते हुए कहा, "तुषार खुश है मुझसे दूर जाकर। कभी-कभी राजेश और तुषार की फोन पर बात हुआ करती थी पर अब वह भी धीरे-धीरे कम हो चुकी है। हम नाकामयाब माता-पिता हैं। वैसे भी उसने हमारी वजह से बहुत तकलीफ झेली है। खुश रहे वह मैं तो यही चाहती हूं बस।"

"तुम्हें खुश भी होना चाहिए और उस पर गर्व भी होना चाहिए। उसने अपने माता-पिता की नाकामयाब शादी देखी है। बावजूद उसके वह एक अच्छे पति की भूमिका निभा रहा है। वह एक अच्छा बेटा है इसलिए कम ही सही तुम दोनों का हाल-चाल लेता रहता है। बहुत अधिक उम्मीद मत रखो किसी से भी नहीं तो हमेशा ना उम्मीद ही रहोगी।"

राधिका ने एक अच्छे दोस्त की तरह शीला को समझाते हुए कहा। शीला ने गहरी सांस लेते हुए आगे की ओर सिर झुका लिया और कहा, "अब मुझे अपने से ही कोई उम्मीद नहीं रही तो किसी और से क्या होगी?"

"हमम्... तुम्हारा यह फिलॉस्फर की तरह बातें करने वाला अंदाज अच्छा लगता है।"

राधिका ने माहौल को थोड़ा खुशनुमा बनाने के लिए शीला की चुटकी लेते हुए कहा। यह सुनकर शीला थोड़ा झेंपी लेकिन फिर दोनों एक साथ हंस पड़ी।

"चलो, अच्छा मैं चलती हूं बहुत देर हो गई है। तुम्हें भी तो कल जल्दी अस्पताल जाना है।" राधिका यह कहकर सोफे पर से उठ गयी।

"अरे उठो शीला दरवाजा बंद करो।" राधिका शीला की ओर देखकर बोलीं।

"एक बात कहनी है आपसे।" शीला ने थोड़ा हिचकिचाते हुए कहा।

"हां बोलो शीला।" राधिका ने धीरे से शीला की ओर देखते हुए पूछा।

"थैंक यू आज का दिन बहुत खास था मेरे लिए क्योंकि बहुत दिनों बाद मैं खुश हूं।" शीला ने राधिका की ओर शांत आंखों से देखते हुए कहा।

"गुड नाइट।" राधिका ने मुस्कुराते हुए शीला की ओर देखकर कहा।

"गुड नाइट।" शीला भी मुस्कुराते हुए सोफे से उठी और उनकी गुड नाइट का जवाब दिया। राधिका अपने फ्लैट को चली गई और शीला ने धीरे से दरवाजा बंद कर लिया।

*****

काफी दिनों तक शीला और निकिता के बीच केवल काम की ही बातें होती रहीं। कोई अनबन कोई नोकझोंक और कोई सलाह मशवरा भी नहीं हुआ। शीला को पश्चाताप हो रहा था जो उसने निकिता का दिल दुखा दिया और निकिता अपना क्रोध और विरोध शीला को दिखाना नहीं चाहती थी क्योंकि वह शीला को बहुत मानती थी। दोनों के अपने-अपने कारण थे बात ना करने के। लेकिन यह सिलसिला केवल हफ्ता 10 दिन ही चला और आश्चर्य की बात यह थी कि बात करने की शुरुआत शीला ने की।

"आज मैं पूड़ी आलू लाई हूं लंच में, खाओगी?" शीला ने कंप्यूटर पर काम करते हुए धीरे से निकिता की तरफ देखते हुए पूछा।

"हां आंटी क्यों नहीं? पूड़ी आलू के लिए तो मैं कभी भी मना नहीं कर सकती।" निकिता खड़े-खड़े अस्पताल की एडमिशन फाइल को देखते हुए बोली।

"सॉरी!" शीला ने थोड़ी दबी सी आवाज में निकिता से कहा। "क्या? पर किस लिए?" निकिता ने एडमिशन फाइल किनारे रखी और शीला के बगल में कुर्सी लेकर आकर बैठ गई।

"आंटी, यह क्या हो गया है आपको? आप सॉरी कह रही हैं और वह भी मुझे। किस लिए लेकिन?" शीला की इतनी विनम्रता निकिता को पच नहीं रही थी।

"एक तो मैं तुम्हें सॉरी कह रही हूं और तुम मुझसे इतने सारे सवाल पूछे जा रही हो।" शीला ने कंप्यूटर पर काम करते हुए हल्की सी मुस्कान के साथ कहा।

“नहीं! दरअसल पहली बार यह शब्द मैंने आपके मुंह से सुना है।” निकिता आश्चर्य के साथ आंखें नचाते हुए बोली।

“अच्छा! तुमने पहली बार सुना होगा पर मैंने कई बार इस्तेमाल किया है।” शीला एक बनावटी गुस्से के साथ बोली।

“ओके! चलिए मान लिया लेकिन आप ‘सॉरी’ कह क्यों रही हैं?” निकिता ने फिर एक बार उत्सुकता से पूछा।

“वह जब तुम राधिकाजी के घर आई थी तो मैंने तुम्हें कुछ ज्यादा ही ज्ञान दे डाला।”

शीला ने धीरे से होंठ दबाते हुए कहा।

“कोई बात नहीं आंटी कम से कम आपने मुझे कोई सलाह तो दी।” निकिता ने बड़े ही शांत अंदाज में कहा।

“क्या करूं निकिता? मेरे अनुभव ज्यादा अच्छे नहीं रहे हैं।” शीला ने गंभीर होकर कहा। “हमम्......... वैसे आंटी आप इतनी शांत मत हुआ करो। आपके ऊपर वह एंग्री वूमेंस वाला अंदाज़ ही अच्छा लगता है।” निकिता ने शीला को चिढ़ाते हुए कहा।

“यंग भी लगा देती साथ में।” शीला ने थोड़ा मुंह बनाते हुए कहा और वह भी हंस पड़ी।

“वैसे आंटी संजीव ने अपने पेरैंट्स से बात की है और वह लोग अगले रविवार मेरे मम्मी पापा से बात करने आएंगे।” निकिता ने धीरे से यह बात शीला से शेयर की। शीला ने भी बड़ी सकारात्मक प्रतिक्रिया देते हुए कहा, “यह तो बड़ी अच्छी बात है। संजीव सुलझा हुआ लड़का मालूम पड़ता है।”

“हां, अभी तक तो मुझे भी यही लगता है। आप मिलिएगा?” निकिता ने शीला से थोड़ा डरते हुए पूछा।

"बिल्कुल कभी मिलवाना।" शीला ने कहा।

"अपने मम्मी पापा से कहना कि इस रिश्ते को मान लें। जब तुम खुश रहोगी तभी तो वह भी खुश रहेंगे।"

"हां आंटी! मुझे आशा है सब अच्छा होगा।" निकिता ने एक गहरी सांस लेते हुए कहा।

"बिल्कुल!" शीला ने हामी भरते हुए कहा।

*****

निकिता से बात करने की बाद शीला काफी हल्का महसूस कर रही थी। आज अपना सास बहू का सीरियल उसे कुछ ज्यादा ही रोचक लग रहा था। उसके दिमाग में चलने वाली उथल-पुथल अब पहले की तरह नहीं रह गई थी। आज उसे नींद भी अच्छे से महसूस हो रही थी।

शीला सीरियल देखी रही थी कि तभी अचानक फोन की घंटी बजती है।

शीला: "हैलो!"

तुषार: "हां, मां! कैसी हैं आप?"

शीला: "मैं ठीक हूं। तुम बताओ? आज 2 हफ्ते बाद फोन कैसे किया? मां की याद तो तुम्हें अब आती ही नहीं है।"

तुषार: "ओफ्फो! आप फिर शुरू हो गयीं। आपको भी तो बेटे की याद नहीं आई।"

शीला: "अच्छा ठीक है। अपना हाल-चाल तो बताओ। शोभा कैसी है? वह तो कभी बात ही नहीं करती।"

तुषार: "मैं कहता हूं उससे आपसे बात करने के लिए। मां! मैंने आपको कुछ जरूरी बात के लिए फोन किया है।"

शीला: "कौन सी जरूरी बात?"

तुषार: "आप जरा धैर्य के साथ सुनिएगा। आपकी मदद चाहिए किसी को।"

शीला- "मेरी मदद किसको चाहिए?"

तुषार: "मुझे और मेरे अलावा भी किसी को।"

शीला: “तुम्हें और तुम्हारे अलावा किसको?”

तुषार: “पापा को!”

शीला: “यह क्या मजाक है, तुषार?”

तुषार: “मजाक समझ रही हैं आप।”

शीला: “नहीं तो क्या! तुम्हें पता है कि हम दोनों के बीच बात हुए कितने साल हो चुके हैं। तुम्हारी शादी के टाइम बस दो-चार मिनट बात हुई थी और तुम कह रहे हो कि तुम्हारे पापा को मेरी मदद चाहिए। क्या यह तुम्हारे पापा ने कहा है तुमसे कहने के लिए? वैसे उनको क्या जरूरत पड़ गई मेरी?”

तुषार: “नहीं उन्होंने कुछ नहीं कहा कहने के लिए। आप दोनों तो एक ही जैसे हैं। पर मुझे लगता है कि इस समय आप ही उनकी सबसे ज्यादा देखभाल कर सकती हैं।”

शीला: “अच्छा! खुलकर पूरी बात बताओ तो सही तुषार।”

तुषार: “पापा को फोन किया था कल मैंने तो पता लगा उनकी तबीयत काफी दिनों से खराब चल रही है। वह खुद तो डॉक्टर को दिखाने जा नहीं रहे हैं तो किसी को को उनको लेकर जाना पड़ेगा।”

शीला: “यह सब मुझे क्यों बता रहे हो?” (शीला ने झल्लाहट के साथ कहा)

तुषार: “इसलिए बता रहा हूं कि आप जाइए उनके पास और उनको अपने अस्पताल ले जाकर डॉक्टर को दिखाइए।”

शीला: “यह तुम क्या बोल रहे हो? यह मैं करूं? मैं नहीं जा रही उनके पास।” (शीला थोड़ा इमोशनल होते हुए बोली।)

तुषार: "थोड़ा प्रैक्टिकल होना होगा आपको। इस समय उन्हें जरूरत है आपकी। मैं छुट्टी लेकर नहीं आ सकता अभी। काम बहुत है ऑफिस में।"

शीला: "तुषार समझो! मुझसे यह नहीं होगा।"

तुषार: "ओफ्फो...... आप भी ना! अच्छा मां! फोन रखता हूं। कल ऑफिस जाना है।"

यह कहकर तुषार ने फोन रख दिया।

*****

तुषार के एक फोन में एक पल में सब कुछ बदल कर रख दिया। शीला एकदम शांत होकर टीवी देखे जा रही थी लेकिन उसका मन अब उसमें नहीं लग रहा था। उसने घड़ी की तरफ देखा रात के 9:00 बज रहे थे। वह उठी अपने फ्लैट को लॉक किया और बिना किसी संकोच के उसने राधिका के फ्लैट की घंटी बजा दी। राधिका ने थोड़ा रुक कर दरवाजा खोला।

"अरे शीला! तुम इस समय क्या हुआ? आओ अंदर आ जाओ।" राधिका शीला को देखते ही आश्चर्य के साथ बोली क्योंकि शीला कहीं इस तरह से बिना बुलाए अचानक से नहीं जाती। उसका इस तरह अचानक से रात के 9:00 बजे आना राधिका के लिए सरप्राइस से कम ना था।

"आपको डिस्टर्ब कर दिया मैंने। सॉरी, मैं इतनी देर में आई।" शीला संकोच के साथ बोली।

"अरे, देर कैसी? आजकल के समय में तो रात 9:00 बजे पार्टी शुरू होती हैं।"

राधिका शीला को सोफे में बैठने का इशारा करते हुए बोलीं।

"लगता है आप किसी से फोन पर बात कर रहीं थीं। दरवाजे पर आवाज आ रही थी। मेरी वजह से आपको फोन रखना पड़ा।" शीला ने हिचकिचाते हुए कहा।

"तुम बहुत संकोची हो। इतनी जरा सी बात के लिए परेशान हो गई। कम से कम तुम आई तो। वैसे मैं अपनी बेटी से बात कर रही थी। हम तो रोज बात करते हैं।"

राधिका ने बड़े ही सहजता के साथ कहा।

“अरे! हम इतने दिन से साथ रह रहे हैं लेकिन कभी मैंने आपके परिवार के बारे में नहीं पूछा। दरअसल जल्दी किसी से कुछ पूछती नहीं हूं मैं।” शीला धीरे से अपनी गलती को छुपाने के अंदाज में बोली।

“अरे कोई बात नहीं शीला। वैसे निकिता सारी जानकारी ले चुकी है।” राधिका ने मुस्कुराते हुए कहा।

“अरे उसकी तो बात ही अलग है।” शीला भी सिर झुका कर धीरे से मुस्कुराते हुए बोली।

“वैसे कुछ अपने बारे में बताइए। आपके हस्बैंड और बच्चों के बारे में।” शीला ने थोड़ा उत्सुकता के साथ पूछा।

“हमम्...... कहां से शुरू करूं? मैं मेजर साहब की दूसरी पत्नी थी। मेजर साहब की 2 बेटियां थी और शादी के बाद वह हम दोनों की बेटियां बन चुकी थीं। आर्मी से रिटायरमेंट के 5 साल बाद वह नहीं रहे। बड़ी बेटी शादी के बाद लंदन में रहने लगी। अभी उसी का फोन था। छोटी वाली बेटी ने नेवी जॉइन कर ली है और अधिकतर बाहर रहती है।”

राधिका बहुत शांत भाव के साथ अपने बारे में बता रहीं थीं।

“और आपके अपने बच्चे?” शीला अचानक से राधिका से पूछ बैठी।

“अपने बच्चे? अभी तो बताया दो बेटियां हैं हमारी।” राधिका ने भी अजीब सा चेहरा बनाते हुए शीला को जवाब दिया।

“मेरा मतलब था, आपके और मेजर साहब के बच्चे।”

शीला ने अपनी बात को जरा अच्छे से समझाने की कोशिश करी।

"शीला! पति पत्नी के बीच जब किसी चीज का बंटवारा नहीं हो सकता तो बच्चों का कैसे हो सकता है। वह दोनों बेटियां भले मेजर साहब की पहली पत्नी से हों लेकिन वह दोनों मुझे अपने आप से भी ज्यादा प्यारी हैं।" राधिका ने अपनी बात तर्क के साथ समझाते हुए कही। इससे पहले की शीला और कुछ प्रश्न करती राधिका ने अपनी बात को आगे बढ़ाते हुए कहा, "शीला! मुझसे ज्यादा मुश्किल तो उन बच्चों के लिए था जिन्होंने अपनी मां बचपन में ही खो दी थी। मेजर साहब ने मुझसे शादी ही इसलिए की थी कि मैं उन बच्चों के जीवन में मां की कमी को पूरा कर सकूं और मैंने यह बात जानते हुए ही उन्हें अपनाया था। मैंने इसलिए बच्चा नहीं किया जिससे उन बच्चों के साथ कोई पक्षपात ना हो।"

"अजीब दिलचस्प इंसान हैं आप।" शीला मुस्कुराते हुए बोली।

"फिर! बच्चों ने अपनाया आपको मां के रूप में?" शीला ने प्रश्न किया।

"समय लगा, पर धीरे-धीरे मेरा परिवार बन गया। बड़ी बेटी ने तो जल्दी ही मुझे मां का दर्जा दे दिया लेकिन छोटी वाली बहुत समय तक नाराज रही मुझसे। उसकी मां की जगह जो ले ली थी मैंने। लेकिन अब मेरा बहुत ख्याल रखती है वह। जब भी मौका मिलता है, जरूर मिलने आती है और साथ में रहती है। नेवी में है ना इसलिए अधिकतर बाहरी रहती है। थोड़ा मनमौजी स्वभाव की है वह बिल्कुल अपने पापा की तरह।" राधिका धीरे से अपने आंसू पहुंचते हुए बोलीं।

"दुखी कर दिया मैंने आपको।" शीला ने धीरे से अपने होंठो को दबाते हुए कहा।

"अरे! ऐसा बिल्कुल नहीं किया तुमने। मुझे बड़ी याद आती है अपने बच्चों की। तुमसे बात करके मन हल्का हो गया।"

राधिका धीरे से शीला के हाथ के ऊपर हाथ रखते हुए बोलीं।

"हां! मैं समझ सकती हूं।" शीला ने भी अपना हाथ उनके हाथ के ऊपर रख दिया। कुछ सेकंड के सन्नाटे के बाद दोनों अपनी अपनी जगह पर बैठ गईं।

"वैसे अपनी कहानी के बीच मैंने पूछा ही नहीं कि तुम अचानक कैसे आ गई?" राधिका ने पूछा।

"हमम्...... परेशान हूं मैं।" शीला बोली।

"वह तो तुम हमेशा रहती हो।" राधिका ने धीरे से शीला की चुटकी लेते हुए कहा।

"क्या हुआ शीला?" राधिका ने चिंता के साथ शीला से पूछा। वह समझ गई थी कि शीला आज सच में दुखी है।

"तुषार का फोन आया था। वह कह रहा था कि उसके पापा की तबीयत ठीक नहीं चल रही है और मैं उनको अस्पताल ले जाकर डॉक्टर को दिखा दूं।" यह कहते हुए शीला की आवाज भर्राने लगी और वह आगे कुछ नही बोल पाई।

"तुम्हारे लिए पानी लाती हूंए फिर आगे बात करते हैं।" राधिका तुरंत उठीं और शीला को पानी ला कर दिया। दो घूंट पानी पीने के बाद शीला ने धीरे से आंसू पोंछे और गहरी सांस लेते हुए कहा, "हमें बात किए हुए ही कितना समय हो चुका है और अब एक दूसरे का साथ देना क्या इतना आसान होगा?"

“बिल्कुल आसान होगा और तुम्हें जाना चाहिए।” राधिका ने जोश भरी आवाज में कहा।

“हां, कोशिश तो करनी होगी। ऐसे मैं राजेश को छोड़ भी तो नहीं सकती। जाती हूं फिर।”

शीला ने दबी हुई आवाज में राधिका की ओर देखते हुए कहा।

“कभी-कभी बहुत ज्यादा नहीं सोचना चाहिए, बस अपना काम समझ कर दो। और हां! पत्नी की तरह नहीं बल्कि एक मित्र की तरह जाना। ज्यादा आसान होगा तब तुम्हारे लिए।” राधिका ने शीला को एक दोस्त की तरह समझाते हुए कहा।

“चलती हूं, आपसे बात करके मन हल्का हो गया और बहुत कुछ सीखने को मिला। अब शायद आसान होगा मेरे लिए। गुड नाइट।” शीला बोली और उठकर बाहर की ओर चल दी। राधिका ने भी एक गुड नाइट कह कर उसे विदा किया। दोनों ही अब काफी शांत महसूस कर रहीं थीं।

*****

शीला रोज की तरह अलार्म बजते ही उठ गई जबकि आज वह छुट्टी पर थी राजेश के यहां जाने के लिए। शीला उलझन में जरूर थी लेकिन फिर भी उसने खुद को ऊपर से इतना मजबूत कर रखा था कि उसके मन को पढ़ पाना अब किसी के लिए भी आसान नहीं था। बिना किसी हड़बड़ाहट के उसने अपने लिए चाय बनाई टीवी पर गाने लगाएं और अखबार के साथ चाय की चुस्की लेने बैठ गई। पूरे सुकून के साथ उसने अखबार पढ़ा और थोड़ी देर गानों का आनंद लिया। घड़ी ने 9:00 बजा दिए थे और उसने राजेश के घर जाने के लिए 10:00 बजे की टैक्सी बुक करा रखी थी। वह टीवी बंद करके तुरंत उठी और तैयार होने के लिए बेडरूम में चली गई। ठीक 10:00 बजे टैक्सी वाले का फोन आया कि वह सोसायटी के गेट पर आ गया है। शीला तैयार थी और तुरंत अपने घर से निकल कर उसने लॉक लगाया और सोसायटी गेट पर जाने से पहले उसने राधिका के फ्लैट की घंटी बजाई। राधिका, शीला को देखते ही बोलीं, “मुझे पता था कि तुम ही होगी दरवाजे पर। जा रही हो?”

“हां”, शीला बोली।

“खुश हो तुम?” राधिका ने पूछा।

“बहुत दिनों बाद मिलने जा रही हूं राजेश जी से। थोड़ी घबराहट हो रही है पर पता नहीं क्यों मुझे खुशी महसूस हो रही है।” शीला ने एक गहरी सांस लेते हुए कहा।

“तुम्हारे चेहरे से ही खुशी झलक रही है। पूरे विश्वास के साथ जाओ। सब अच्छा होगा, राजेश जी जल्दी अच्छे हो जाएंगे। तुम्हारा जाना ही शायद उनको स्वस्थ कर देगा। बाय!” राधिका ने शीला को विदा करते हुए कहा।

"बाय!" शीला ने भी राधिका को धीरे से जवाब दिया और वहां राजेश से मिलने चल दी।

*****

तुषार ने जो पता भेजा था शीला ने वहां जाकर टैक्सी रुका दी और टैक्सी से उतर कर एकदम मौन होकर एकटक घर को देखने लगी। राजेश दो मंजिला घर में ऊपर की मंजिल में रहते हैं और उनके मकान मालिक नीचे रहते हैं। वैसे तो शीला जानती थी कि राजेश यहां पर रहते हैं पर इसका पता उसने कभी किसी को लगने नहीं दिया। वैसे तो सब जानते थे कि कभी-कभी शीला और राजेश की बात हो जाती है और वह पूरी तरह से एक दूसरे को कभी नहीं भूल सकते। दोनों ने ही एक जबरदस्ती की जिद के चलते ही एक दूसरे से दूरियां बढ़ा रखी थीं।

"मैडम, कैश दीजिएगा या मोबाइल ऐप से पेमेंट करिएगा?" टैक्सी ड्राइवर ने शीला का ध्यान तोड़ते हुए पूछा।

"ओहो! हां आपका पेमेंट करना है। मैं कैश दूंगी। कितना हुआ?" शीला ने ड्राइवर से पूछा।

"360 हुए मैडम!" ड्राइवर बोला।

"ओके!" शीला ने कहा और पैसे निकाल कर ड्राइवर को दे दिए।

"ड्राइवर ने पैसे लिए और टैक्सी लेकर चला गया। शीला ने आगे बढ़कर बिना संकोच के गेट की घंटी बजा दी थोड़ी देर से अंदर से 40-45 साल की एक औरत बाहर आई और कुछ सेकंड तक शीला को एक टक देखने के बाद बोल पड़ी, "अरे! शीला भाभी आप?"

"हां! आप मुझे पहचानती हैं?" शीला ने बहुत ही आश्चर्य के साथ पूछा।

"अरे! हमारे यहां तो सब आपको और तुषार जी को जानते हैं।"

यह कहते हुए उसने गेट खोला शीला को सम्मान भरे भाव से अंदर आने का इशारा किया। "राजेश भैया ऊपर वाली मंजिल में रहते हैं। आप ही का इंतजार कर रहे हैं। कल बता रहे थे कि आज शीला आने वाली हैं उन्हें डॉक्टर के पास ले जाने के लिए।" उस औरत ने अपनी बात को आगे बढ़ाते हुए कहा।

"आप कौन हैं?" शीला ने उनका परिचय जानना चाहा।

"मैं कमला हूं। घर मेरे ससुर जी का है। आप सोच रहे होंगे कि मैं आप को कैसे जानती हूं?" कमला ने कौतूहल से शीला से पूछा।

शीला ने भी सिर हिलाते हुए कहा, "हां, आश्चर्य हो रहा है कि आपने मुझे तुरंत पहचान लिया।" "क्या है ना कि राजेश भैया को जब मौका मिलता है आप दोनों की बात करने से नहीं चूकते और अक्सर आप दोनों की तस्वीरें मोबाइल पर दिखाते रहते हैं। वैसे सच कहे तो कभी-कभी हम लोग बोर भी हो जाते हैं।" कमला की यह बात सुनकर दोनों हंस पड़ी।

"अच्छा! अब आप जाइए राजेश भैया के पास। कमला ने कहा।

"हां!" शील ने सीढ़ियां चढ़ते हुए जवाब दिया। शीला ने ऊपर पहुंचकर जैसे ही दरवाजे पर दस्तक के लिए हाथ उठाया राजेश ने तुरंत दरवाजा खोलते हुए कहा, "आपकी और कमला की बातें सुनाई पड़ रहीं थी। दरवाजे के पास ही खड़ा था कि आप जैसे ही आएंगी दरवाजा खोल दूंगा।"

"अच्छा! अभी तबीयत कैसी है?" शीला ने बड़े ही दबे स्वर में कमरे के चारों तरफ देखते हुए पूछा।

"पहले से बेहतर है, बुखार तो अभी नहीं लग रहा है लेकिन कमजोरी बहुत आ गई है। आजकल कमला ही खाना पहुंचा देती

है। वैसे तो मकान मालिक अच्छे हैं। कमला के पति भी डॉक्टर को दिखा देते पर आजकल वह महीने भर से गांव गए हुए हैं।"

"ओके, मैंने 1:30 बजे का अपॉइंटमेंट लिया है डॉक्टर से।" शीला ने राजेश की तरफ देखते हुए कहा।

"कोई जरूरत नहीं लग रही है। अब ठीक हूं। तुषार ने जबरदस्ती आपको मेरी वजह से परेशान किया।" राजेश को शीला की फिक्र हो रही थी कि उसको राजेश की वजह से परेशान होना पड़ा।

"अभी 1 घंटे में निकलते हैं मैं थोड़ा जल्दी आ गई हूं।" शीला ने राजेश की बात को नजरअंदाज करते हुए कहा। शीला काफी देर से लगातार राजेश की तरफ देख रही थी और राजेश जैसे ही उसकी तरफ देखते वह नजरें कहीं और घुमा लेती। राजेश कद से लंबे और रंग में गोरे व्यक्ति हैं। जब वह और शीला कॉलेज में साथ थे तब राजेश के पीछे लड़कियों की लाइन लगी रहती थी। पढ़ाई में भी अव्वल थे और स्वभाव से बहुत ही विनम्र, तो लड़कियों का पीछे पड़ना तो लाजमी था ही लेकिन वह तो शीला के दीवाने थे। उम्र के पांच दशक पार करने के बाद भी राजेश के चेहरे में तेज था। वह शहर के नामी कॉलेज में भौतिकी विज्ञान के प्रोफ़ेसर थे लेकिन दिल से शायराना मिजाज के इंसान थे। शीला और राजेश बहुत दिनों बाद मिले थे। एक साथ कब इस तरह बैठे थे उन्हें याद भी नहीं था। आज लेकिन जब वह दोनों मिले तो दोनों के दिमाग में पुरानी बातों ने दस्तक देना शुरू कर दिया था।

"शायरी लिखते हैं अभी आप?" बिना सोचे समझे शीला ने यूं ही पूछ लिया।

"क्या?" राजेश को यह सुनकर आश्चर्य हुआ। नहीं, कभी-कभी सोचा लिखूं पर कुछ दिमाग में आता ही नहीं। अब तो बहुत साल

हो गए। अब तो सिर्फ फिजिक्स ही रह गई है, केमेस्ट्री तो बहुत पहले ही छोड़ दी थी।" राजेश ने धीरे से शीला की तरफ देखते हुए कहा।

"अच्छा लिखते थे आप।" शीला ने यह कहते हुए राजेश की तरफ देखा और हल्के से मुस्कुरा दी।

"मैं आपके लिए चाय मंगवाता हूं। घर में कोई लेडी ना हो तो बड़ी दिक्कत होती है।" राजेश की यह बात सुनकर शीला थोड़ा झेंप गई और कुछ नहीं बोली।

"वैसे अलेक्सा है पर वह चाय नहीं बना सकती सिर्फ चाय बनाना बता सकती है।" राजेश ने हल्के फुल्के मजाक के साथ माहौल को खुशनुमा बनाने की कोशिश करी और फोन उठा कर चाय ऑॅर्डर कर दी। राजेश जानता था कि शीला चाय के लिए कभी मना नहीं करने वाली। उसकी हर आदत उसे आज भी याद थी यह बात शीला पर भी लागू होती थी। थोड़ी देर में चाय आ गई और दोनों चाय की चुस्की लेते हुए हल्की फुल्की बातें करने लगे। दोनों को ही बहुत अच्छा लग रहा था। सुकून महसूस हो रहा था। कुछ समय पहले तक उन दोनों के मन में उथल-पुथल थी कि जब एक दूसरे से मिलेंगे तो क्या प्रतिक्रिया देंगे। पर अब जब मिले हैं तो बहुत शांत लग रहा है। एक दूसरे के लिए उनके मन में कोई गिला शिकवा नहीं रह गया था।

"डॉक्टर से मिलने का समय हो रहा है। मैंने अपने मोबाइल ऐप से टैक्सी बुक करा दी है।" शीला ने अपने मोबाइल की तरफ देखते हुए राजेश से कहा।

"अच्छा! जैसा आप कहें।" राजेश धीरे से बोले।

शीला ने कुछ जवाब नहीं दिया और बस धीरे से मुस्कुरा दी। थोड़ी देर में टैक्सी आ गई और दोनों साथ में डॉक्टर के यहां चल दिए। डॉक्टर से मिलने के बाद पता चला कि राजेश का खानपान ठीक से ना होने के कारण बार-बार बुखार आ जाता है और यह होना ही था। राजेश को कभी भी खाना बनाने में दिलचस्पी नहीं रही। शादी के बाद शीला ने बहुत बार कोशिश करी पर सफल नहीं हो पाई। राजेश को भी लगता था कि शीला तो है ही फिर क्या चिंता? फिर एक दिन दोनों अलग हो गए। शीला से अलग होने के बाद राजेश को पूरी तरह से बाहर के खाने पर निर्भर होना पड़ा। अब उम्र के 50 वें दशक में उसका असर दिखाई दे रहा था। डॉक्टर के रूम से निकलने के बाद शीला ने तुरंत ही राजेश से पूछा, "आप खाना बनाने वाली क्यों नहीं रख लेते?"

"नहीं! बंदिश हो जाती है। कई बार कॉलेज के काम से इधर उधर जाना पड़ता है।" राजेश ने जवाब दिया।

"पर कुछ तो करना होगा? ऐसे कैसे चलेगा।" शीला की आवाज में चिंता साफ झलक रही थी।

"हां, कुछ करता हूं।" राजेश ने सिर झुका कर शीला को तसल्ली देते हुए कहा।

"ठीक है!" शीला ने ज्यादा कुछ बोलते हुए अजीब सी झल्लाहट के साथ कहा। राजेश समझ गया कि शीला उसके आश्वासन से खुश नहीं है। दोनों उसके बाद शांत ही रहे और थोड़ी देर में अलग-अलग टैक्सी लेकर अपनी अपनी जगहों के लिए रवाना हो गए।

*****

शीला जब घर पहुंची तो वो एकदम शांत थी। वैसे यह उसके व्यक्तित्व का हिस्सा था तो किसी को कुछ अजीब ना लगा। ना तो गार्ड को और ना फ्लैट तक आने के बीच जो लोग मिले उनको। राधिका को पता लग गया था कि शीला आ गई है पर उन्होंने शीला को अकेले छोड़ देना ठीक समझा। शीला आकर थोड़ी देर बैठी और फिर तुषार को फोन करके पापा का हाल-चाल दिया। तुषार को भी या जानकर अच्छा लगा कि शीला को अभी भी उसके पापा का ख्याल है। तुषार से बात करने के बाद शीला ने जल्दी ही डिनर कर लिया और फिर राधिका के पास गई। राधिका ने शीला से मिलते ही पूछा, "कैसा रहा दिन?"

"सुकून मिला पर चिंता हो गई।" शीला ने गहरी सांस लेते हुए कहा।

"वह जरूरी है पर चिंता क्यों हो गई? राजेश जी की तबीयत कैसी है?" राधिका ने पूछा।

"ठीक से खाना पीना तो उनका होता नहीं है। हमेशा से बाहर के खाने पर निर्भर रहे हैं इसलिए ही तबीयत बार-बार खराब हो जाती है।" शीला ने परेशान नजरों से राधिका की ओर देखते हुए बताया।

"मैं सोच रही हूं कि मैं खाना बनाकर भेज दिया करूं, आप क्या कहती हैं?" शीला ने अपनी समस्या का खुद ही समाधान निकालते हुए पूछा।

"मैं क्या बताऊं इसमें, शीला। ठीक है पर तुम खुद देने जाओगी?" राधिका को समझ नहीं आ रहा था की शीला कैसे कर पाएगी।

"रोज-रोज तो शायद ना जा पाऊं पर कोशिश करूंगी कि अधिकतर दे दूं।" शीला को भी लग रहा था कि कैसे होगा पर वह राजेश को इस तरह से अकेले भी नहीं छोड़ सकती थी।

"कुछ शुरुआत तो करनी होगी।" शीला बोली।

"हां करो! तुम्हें ही करना होगा और कौन करेगा? तुषार पर तुम हर जिम्मेदारी नहीं डाल सकती। उसके पास अपने कामकाज हैं।" राधिका ने शीला की बात का समर्थन करते हुए कहा। और फिर निश्चय हो गया कि शीला राजेश को खाना बना कर दिया करेगी। दूसरे दिन शीला ने जल्दी उठकर खाना बना लिया और अपने ऑफिस जाने के समय से वह डेढ़ घंटे पहले ही निकल गई। सुबह जल्दी उठकर काम खत्म करने की वजह से वह थोड़ा थक गई थी इसलिए राजेश के घर की सीढ़ियां धीरे-धीरे चढ़ रही थी। कमला ने भी बस दरवाजा खोला जल्दी से और कुछ नहीं पूछा। सुबह का समय औरतों के लिए बहुत व्यस्त होता है। शीला के दरवाजा खटखटाने पर जैसे ही राजेश ने दरवाजा खोला तो उसके आश्चर्य का ठिकाना नहीं रहा।

"आप! इस समय?" राजेश ने बहुत आश्चर्य और संकोच भरी आवाज में पूछा।

"यह आपके लिए खाना।" शीला ने टिफिन आगे बढ़ाते हुए कहा।

"यह सब क्या है, शीला?" राजेश को टिफिन देखकर गुस्सा आ गया।

"मुझे पता था आप नाराज होंगे। लेकिन स्वास्थ्य सबसे पहले।" यह कहते हुए शीला ने टिफिन साइड टेबल पर रख दिया

टेबल पर रखे ब्रेड मक्खन की तरफ देखते हुए कहा, "यह सब मत खाइए। घर का खाना और फल सब्जी खाइए। बाकी मैं शाम को आती हूं तब बात करते हैं। अभी आपको भी जाना होगा।"

"हां, ठीक है, मुझे भी कॉलेज जाना है।" राजेश ने बस इतना कहा और चुपचाप सिर झुका कर बैठा रहा। शीला ने राजेश की तरफ देखा और फिर चली गई। शीला के जाने के बाद राजेश काफी देर तक पलंग पर यूं ही बैठा रहा और फिर थोड़ी देर में उठा और टिफिन को लेकर धीरे से नाक के पास ले जाकर सूंघा और धीरे से बोला, "खुशबू तो अच्छी आ रही है।" फिर उससे रुका नहीं गया और टिफिन खोल कर उसने देख ही लिया। छोले, पुलाव और देसी घी लगी रोटियां। वाह, छोले तो मुझे बहुत पसंद हैं। तो अब गुस्सा होने पर अपना ही नुकसान होगा। राजेश ने मन ही मन सोचा और फिर कॉलेज जाने के लिए तैयार होने लगा। जाते जाते वह शीला के हाथों से बना टिफिन ले जाना नहीं भूला।

*****

शाम के 5:00 बज रहे थे। राजेश कॉलेज से आकर पलंग पर लेट कर आराम कर रहा था और शीला के आने का इंतजार तो उसके दिमाग में चल ही रहा था। शीला की ड्यूटी 5:30 बजे खत्म होती है। राजेश के घर से शीला का अस्पताल ऑटो रिक्शा या टैक्सी के रास्ते 20 मिनट का है। ठीक 6:00 बजे राजेश के घर पर दस्तक हुई। राजेश को झपकी आ गई थी तो उनको दरवाजा खोलने में थोड़ा वक्त लग गया और जैसे ही राजेश ने दरवाजा खोला वैसे ही शीला ने बेचैन आवाज में पूछा, "सब ठीक है ना, क्या हो गया था?"

"अरे कुछ नहीं, थोड़ा झपकी लग गई थी।" राजेश ने हल्के से सिर पर हाथ फेरते हुए शीला के बेचैनी से भरे प्रश्नों का उत्तर दिया।

"कमजोरी अभी भी है आपको। खाना खाया?" शीला ने उत्सुकता के साथ राजेश को एकटक देखते हुए पूछा।

"हां बाबा खा लिया। अब इतना अच्छा खाना होगा तो खाना ही पड़ेगा।" राजेश ने सिर झुका कर मुस्कुराते हुए कहा। शीला समझ गई कि राजेश उसके खाने की तारीफ कर रहे हैं।

"चलिए खाना आपको अच्छा लगा।" शीला ने धीरे से मुस्कुराते हुए सुकून की सांस ली।

"वैसे मुझे यकीन था कि आप खाना खा लेंगे।"

"चलो! यकीन तो था कम से कम।" राजेश ने शीला की तरफ गंभीर चेहरे के साथ देखते हुए कहा। राजेश के मुंह से अचानक से ऐसी बात सुनकर शीला सकपका गई। उसे यकीन नहीं हो रहा था कि राजेश इस तरह से कटाक्ष कर देने वाले शब्द बोलेंगे।

"टिफिन दे दीजिए।" शीला ने ज्यादा कुछ बोलना ठीक नहीं समझा।

"अगर हो सका तो फिर कल टिफिन देने आऊंगी।" शीला ने आगे कहा।

"क्यों परेशान हो रही हैं? कब तक ऐसा चलेगा?" राजेश ने थोड़ा चिड़चिड़ाते हुए पूछा।

"आप पहले ठीक हो जाइए, मुझे कोई दिक्कत नहीं है अगर आपको कोई परेशानी नहीं है मेरे रोज यहां खाना पहुंचाने से?" शीला ने पूरे विश्वास के साथ कहा। वह जानती थी कि राजेश की झल्लाहट के पीछे उसके लिए चिंता है।

"आप करोगी तो वही जो आपका मन करेगा।" राजेश ने दबी जुबान से कहा। राजेश भी शीला के स्वभाव से परिचित था। वह भी जानता था कि शीला जिद्दी इंसान है। किसी के लिए करना हो तो भी वह कोई कसर नहीं छोड़ती और अगर किसी से दूरी बनानी हो तो उसमें भी वह माहिर है। कुछ देर शीला ने राजेश से हल्की फुल्की बातें करी और फिर शीला टिफिन लेकर चली आई।

*****

धीरे-धीरे यह सिलसिला आगे बढ़ा। शीला रोज राजेश के लिए बिना नाका किए खाना लेकर जाती। दोनों हल्की-फुल्की बातें करते और फिर शीला टिफिन लेकर आ जाती। दोनों को ही यह सब बहुत अच्छा लग रहा था। बहुत सालों बाद इस तरह एक दूसरे से निसंकोच होकर मिलना दोनों को ही एक सुखद अनुभूति करा रहा था। शीला तो कुछ ज्यादा ही खुश थी। उसे तो अपने आसपास की भी सुध नहीं रह गई थी। बस, जाने से पहले वह राधिका को सुबह गुड मॉर्निंग करना नहीं भूलती। निकिता से भी आजकल बस ऑफिस की ही बातें हो रही थीं। उसके दिमाग को कुछ और सोचने की फुर्सत ही नहीं मिल रही थी। संडे को भी वह राजेश के यहां चली जाती कभी-कभी वह दोनों साथ में कॉफी पीने भी चले जाते। इसी तरह से यह सिलसिला चलता रहा और फिर एक संडे को राजेश ने शीला से कहा, "आज मैंने कविता लिखी है।"

शीला ने आश्चर्य के साथ पूछा, "अरे! आपने तो बहुत सालों से कुछ लिखा नहीं था फिर अचानक से?"

"हां! आजकल अच्छा महसूस कर रहा हूं तो लिख दी।" राजेश ने खुशनुमा चेहरे के साथ कहा। "तो फिर सुनाइए। हम भी खुश हो जायें।" शीला ने एक किशोर लड़की की तरह आंखें घुमाते हुए कहा।

"ठीक है तो फिर सुनिए।" और राजेश ने फिर शायरी पढ़ना शुरू किया।

गुरूर था मुझे तुमसे बिछड़ने का,

पर आस थी फिजा में सुनने को तुम्हारी आवाज।

कदमों ने जब बढ़ाई थी तुम से दूरी,

मिला था मुझे सिर्फ मुश्किलों का साथ।

पर फिर तुमने आज एक उम्मीद जगाई है,

तुम देना मुझे आवाज लौटूंगा जरूर मैं तुम्हारे पास,

क्योंकि मेरी हर सांस में बस तुम्हारी ही है आस।

राजेश के कविता खत्म करने के बाद दोनों थोड़ी देर चुप रहे। फिर राजेश ने ही पूछा, “कैसी लगी?”

शीला पहले तो थोड़ा हिचकिचायी फिर पूरे विश्वास के साथ बोली, “आपकी और मेरी कहानी झलक रही है इसमें।”

“मुझे यकीन था कि तुम समझ जाओगी।” राजेश ने गंभीर होकर शीला की ओर देखते हुए अपनी बात आगे बढ़ाई।

“हम दोनों बिना किसी बड़ी वजह के सिर्फ अपने अहम् के चलते एक दूसरे से अलग हो गए थे। हम दोनों ने ही देखा कि हमसे कितनी बड़ी मूर्खता हो गई। प्यार तो था ना हम दोनों में? वह बुरा दौर गुजर चुका है। हमें एक दूसरे की जरूरत है। तो क्या हम फिर से.........?” राजेश ने अपनी बात को अधूरा छोड़ दिया। वह जानता था कि शीला उसकी बात को समझ गई है। “मुझे घर जाना चाहिए। आज संडे खत्म, कल अस्पताल जाना है।” शीला राजेश की बात को अनसुना करती हुई तुरंत कुर्सी से उठी और कैफे के बाहर चल दी। राजेश उसे जाता देखता रहा और थोड़ी देर तक चुपचाप वहीं बैठा रहा। फिर वह भी उठा और घर की ओर चल दिया।

*****

शीला घर पहुंची और सोफे में बैठकर चुपचाप शून्य की तरफ देखने लगी। यह क्या उलझन आ गई उसके जीवन में। उसे राजेश के साथ बहुत अच्छा लगता है। राजेश के साथ होने पर उसे पूर्णता का एहसास होता है। सच तो यह है कि वह चाहती थी कि वह और राजेश फिर से एक साथ रहने लगें पर इच्छा में और उसके पूरा होने में फर्क होता है। शीला अभी भी शांत होकर बैठी थी और विचारों की आंधी उसके दिमाग में चली जा रही थी। वह उलझनों में बही जा रही थी। जब भी वह परेशान होती तो उसको तुरंत राधिका की याद आती। राधिका तो उसके जीवन में फरिश्ते की तरह आई थीं।

शीला बिना किसी संकोच के राधिका के घर पहुंच गई।

राधिका ने जब कई दिनों बाद शीला को देखा तो उन्हें भी बड़ा अच्छा लगा। फिर उन्होंने पूछ लिया, "क्या हुआ शीला? आज बड़े दिनों बाद। मुझे तो लग रहा था कि तुम बहुत व्यस्त हो चुकी हो राजेश जी की देखभाल करने में।"

"अरे नहीं राधिका जी, एक आप ही तो हैं जिनसे बिना संकोच सब कुछ कह पाती हूं। आप जैसे इंसान की मुझे बहुत जरूरत थी जीवन में। आज मुझे फिर आपके मार्गदर्शन की बहुत जरूरत है। बहुत उलझन में हूं मैं।" यह कहते हुए शीला की आंखों में आंसू छलक आए जिसे उसने तुरंत अपने दोनों हाथों से पोंछ लिया। हमेशा की तरह उसे खुद को किसी के सामने कमजोर दिखाना पसंद नहीं था फिर भले वह राधिका ही क्यों ना हो।

"मैंने तो तुम्हें हमेशा अपनी छोटी बहन माना है। क्या बात है शीला? बताओ मुझे।" राधिका शीला के कंधे पर हाथ रखते हुए उसके बगल में बैठ गईं।

"आज राजेश ने कहा कि हमें फिर से साथ रहना चाहिए।" शीला ने बहुत ही शांत और दुखी मन से कहा। "अच्छा!" राधिका ने शीला की बात सुनकर बस यही कहा। दोनों चुपचाप सोफे पर बैठी रहीं। फिर थोड़ी देर बाद शीला बोली, "आपने कुछ कहा नहीं?"

"शीला, हमेशा तुम्हारी बातों से महसूस होता रहा कि तुम में और राजेश जी में असीमित प्रेम था और आज भी है। बहुत साल पहले तुम दोनों कुछ नकारात्मक परिस्थितियों के चलते अलग हो गए जिसका खामियाजा तुम दोनों ने तो झेला ही साथ में तुषार ने भी झेला। मुझे लगता है शीला की तुम्हें मुझसे सलाह लेने के बजाय तुषार से बात करनी चाहिए।"

"तुषार से क्यों?" शीला ने आवाक् होकर पूछा।

"अगर हम कुछ निर्णय लेते हैं तो उसे जरूर बताएंगे।" शीला बोली।

"अरे बताना नहीं है। पूछना है तुम्हें उससे।" राधिका ने समझाते हुए कहा।

"तुमने कभी सोचा शीला की उस नन्हे से बच्चे पर क्या गुजरी होगी जब उसके मां-बाप अलग हो गए होंगे। तब तो तुम दोनों ने उसे नादान बच्चे का फायदा उठा लिया और अपनी मनमानी कर ली। अब तो वह बड़ा हो चुका है और उसका समाज में एक स्थान है। तुम्हें उससे ही पूछना चाहिए और उसकी भावनाओं का ख्याल भी रखना चाहिए।" राधिका ने एक साथ अपनी बात आवेश के साथ कह डाली। राधिका की बात से शीला चौंक सी गई। तेजी से उठते हुए बोली, "ठीक है! तब तो मैं गलत जगह आ गई हूं; चलती हूं।"

"नाराज होने वाली बात नहीं है। तुम्हें सबको साथ लेकर चलना चाहिए। और...... तुषार तो बहुत खास है।" राधिका ने भी नाराज आवाज में शीला को रोकते हुए कहा।

"ठीक है, राधिका जी! मैं चलती हूं।" शीला कहते हुए दरवाजा बंद करके चली गई।

*****

पहली बार ऐसा हुआ कि राधिका से मिलने के बाद भी शीला की बेचैनी कम ना हुई बल्कि और बढ़ गई। इसके बावजूद भी उसने राधिका की बात को नकारा नहीं। घर आकर उसने अपने लिए एक कप चाय बनाई। चाय को टेबल पर रखकर कुर्सी में बैठ गई। चाय पीते हुए उसने धीरे-धीरे हर बात पर गौर करना शुरू किया। क्या वह राजेश के साथ दोबारा जिंदगी की नई शुरुआत करना चाहती है? जिसका जवाब उसका दिल 'हां' ही दे रहा था। अगर वह राजेश को जबरदस्ती ना कहती है तो उसे राजेश के लिए जो कुछ करने का मौका आज वक्त दे रहा है वह कभी नहीं मिलेगा। लेकिन क्या यह इतना आसान है? राधिका की बात को अब वह समझ पा रही थी। तुषार को विश्वास में लिए बिना वह और राजेश कोई निर्णय नहीं ले सकते। बहुत कुछ उसके दिमाग में चल रहा था। हलचल सी मची हुई थी। उसने अपने आप को शांत रखा हुआ था। उसने सोच लिया था वह कोई निर्णय हड़बड़ी में नहीं लेगी। उसने अपना मोबाइल उठाया और फिर बहुत सोचते हुए राजेश को कॉल लगाई।

शीला: "हैलो!"

राजेश: "हां शीला! क्या हुआ? इतनी रात में कॉल किया आपने।"

शीला: "हां! वह मैं कह रही थी कि कल अस्पताल के बाद शाम को कैफे में मिलते हैं। आप कॉलेज से आ जाएंगे ना? कुछ जरूरी बातें कर लेते हैं।"

राजेश: "हां ठीक है। मैं भी चाहता था की हम मिलें। शाम 6:00 बजे ठीक है?"

शीला: "हमम्...... ओके! मिलते हैं कल शाम 6:00 बजे। बाय।"

राजेश: “बाय।”

अस्पताल के बाद शीला सीधे कैफे पहुंच गई। शीला को इतनी बेचैनी सी थी राजेश से मिलने के लिए कि उसने पूरा दिन अस्पताल में किसी से जरा सी बात भी नहीं करी। निकिता से भी बस हूं-हां तक। निकिता भी समझ गई थी कि आज शीला आंटी का दिमाग कहीं और लगा है। वैसे जब से शीला राजेश को खाना देने जाने लगी थी तभी से शीला की निकिता से बात बस मतलब भर की बात हो रही थी। उसको जैसे कुछ और सूझ ही नहीं रहा था सिवाय राजेश के।

जब शीला कैफे पहुंची तो राजेश वहां पहले से ही मौजूद था। शीला को देखते ही वह कुर्सी से उठते हुए एक हल्की सी मुस्कुराहट के साथ शीला का स्वागत किया और शिष्टाचार के साथ दूसरी ओर की कुर्सी में बैठने का इशारा किया।

“कैसी हो आप?” राजेश ने पूछा।

“हां, ठीक हूं! अभी कल ही तो मिले थे।” शीला बोली।

“हां! वह तो है।” राजेश ने शीला की बात पर सिर हिला दिया।

“बहुत सोचा आपकी बात पर मैंने। राधिका जी से भी सलाह ली।” शीला ने सिर झुकाए झुकाए कहा।

“राधिका कौन?” राजेश ने पूछा।

“अरे! भूल गए आप। बताया था मैंने, मेरी पड़ोसी हैं आजकल वह। दीक्षित भाई साहब की रिश्तेदार। अजीब सा रिश्ता बन गया है मेरा और उनका।” शीला ने बड़े ही उल्लास के साथ राजेश को राधिका के बारे में बताया।

“हां आपने बताया तो था। जिन्हें आप अपना मेंटर मानती हैं। तो फिर क्या सलाह दी उन्होंने और आपने क्या सोचा।” राजेश ने ज्यादा बात को इधर-उधर घूमाये बिना सीधे शीला का जवाब पूछ लिया।

“साथ रह पाएंगे हम फिर से? इतना आसान होगा? जब हम एक दूसरे के साथ थे और एक दूसरे को समझते थे तब तो साथ रह नहीं पाए। अब तो कितने साल हो चुके हैं अकेले रहते हुए।” शीला की आवाज में उसकी मानसिक तकलीफ साफ झलक रही थी।

“अब तो जरूर रह लेंगे। बहुत कुछ सीख लिया है अकेले रहते रहते। अब आप का तो पता नहीं लेकिन मुझे तो आपकी जरूरत महसूस होती है।” राजेश ने बहुत भावुक होकर कहा। वह बिल्कुल भी नहीं चाहता था की शीला का उत्तर नकारात्मक हो। शीला का इतने सालों बाद साथ पाकर अब वह उसे बिल्कुल भी खोना नहीं चाहता था।

उधर शीला का भी यही हाल था राजेश की भावुकता को देखकर शीला की आंख से आंसू छलक आए। अब उसकी राजेश को ना कहने की हिम्मत तो नहीं रह गई थी।

“ठीक है! एक नई शुरुआत करके देखते हैं।” शीला ने सिर झुका कर अपने आंसू पोछते हुए कहा। शीला की यह बात सुनकर राजेश का चेहरा दमक उठा। लड़खड़ाती आवाज में वह शीला को थैंकयू कहता रहा।

शीला को भी खुशी थी, पर अभी भी वह पूरी तरह से आश्वस्त नहीं हो पा रही थी कि क्या निर्णय सही है या गलत?

“लेकिन?” शीला ने अचानक से थोड़ी तेज आवाज में कहा।

“क्या हुआ?” राजेश ने बड़े ही आश्चर्य के साथ शीला से पूछा।

“लेकिन हम तुषार से पूछे बिना यह निर्णय नहीं ले सकते।” शीला ने राजेश से कहा।

“राधिका जी ने भी मुझसे यही कहा।” शीला की बात सुनकर राजेश असमंजस में पड़ गया।

“हमें उसे बताना है यह बात या फिर उससे पूछना है कि हम फिर साथ रह सकते हैं या नहीं? राजेश ने थोड़ा चिढ़ने वाली आवाज में पूछा।

“हमें उससे पूछना है। राधिका जी शायद ठीक कह रहीं थी। तुषार जब छोटा था तब हमने उस पर अपना निर्णय थोप दिया। अब हमें उससे पूछना ही चाहिए।” शीला कुर्सी पर पीछे की ओर टेक लगाते हुए बोली।

“ठीक है तो फिर आप उसकी परमिशन ले लीजिएगा।” राजेश ने मेज पर रखी चम्मच को घुमाते हुए कहा।

“आप नाराज मत हो जाइए। थोड़ा शांत मन से सोचिएगा।” शीला ने राजेश की ओर इस तरह से देखा की वह उसको आश्वस्त करना चाह रही हो कि सब कुछ ठीक होगा।

“ठीक है शीला! तुम बात करके मुझे बता देना।” राजेश की आवाज में टेंशन साफ झलक रहा था।

“मैं भी उससे बात करने की कोशिश करूंगा।” राजेश ने शीला की उलझन को समझते हुए उसे बनावटी आश्वासन दे दिया।

“ठीक है! अब मैं चलती हूं। देर हो गई है।” शीला उठी और घर की ओर चल दी। राजेश वहीं पर थोड़ी देर चुपचाप बैठा रहा।

*****

शीला की समझ में तो आ गया था कि उसे तुषार से बिना बात किए कोई निर्णय नहीं लेना चाहिए। परंतु अब उसके सामने मुश्किल यह थी कि वह बात करे कैसे? तुषार क्या सोचेगा? इस तरह के ना जाने कितने सवाल उसके दिमाग में चल रहे थे। राधिका भी जब शीला से मिलीं तो उन्होंने ने भी पूछी ही लिया, "क्यों शीला तुषार से बात हुई?"

"नहीं, अभी नहीं।" शीला ने सिर झुका कर संकोच के साथ उत्तर दिया।

"उससे पूछे बिना कोई बड़ा निर्णय मत लेना। यह सभी के लिए अच्छा होगा।" राधिका फिर एक बार शीला को समझाते हुए बोलीं।

"हां, बिल्कुल।" शीला ने राधिका की बात पर हामी भर दी।

बहुत कोशिश करने के बाद शीला हिम्मत जुटाई और शनिवार की रात को तुषार को फोन कर दिया।

शीला: "हैलो! तुषार?"

तुषार: "हां, मां! नमस्ते। कैसी हैं आप?"

शीला: "मैं ठीक हूं एकदम।"

शीला बड़ी ही ढीली सी आवाज में संकोच के साथ तुषार से बात कर रही थी।

तुषार: "अच्छा! मैंने पापा से भी बात करी थी। उनकी तबीयत तो अब पहले से ठीक है।"

शीला: "उनसे मिलने जाती हूं मैं कभी-कभी।"

तुषार: “हां, पता लगा मुझे, आपके खाने की वजह से ही तो पापा ठीक हो पाए हैं।”

शीला: “तुषार! कुछ बात करनी है तुमसे।”

तुषार: “हां मां, बताइए?”

शीला: “तुम नाराज तो नहीं होगे?”

तुषार: “मां प्लीज कोई इमोशनल ड्रामा मत करिए। सीधे से बात कहिए।”

शीला ने गहरी सांस ली और फिर बहुत हिम्मत जुटाकर तुषार से अपनी बात कहीं।

शीला: “तुषार! तुम्हारे पापा कह रहे थे कि क्यों ना हम दोनों फिर से साथ रहने लगें।”

तुषार” “क्या? तो फिर आपने क्या कहा?”

तुषार यह बात सुनकर सन्न सा रह गया। उसकी समझ में नहीं आया कि वह अपनी मां की इस बात पर क्या प्रतिक्रिया दे।

शीला: “मैंने कुछ नहीं सोचा है। जो तुम बताओ। तुम्हारी रजामंदी जरूरी है।”

तुषार: “मां! मेरी शादी हो चुकी है। मेरा एक रुतबा है यहां मेरे सर्किल में। शोभा क्या सोचेगी? आप दोनों साथ रहेंगे तो अच्छा ही रहेगा। लेकिन मुझसे जो सब लोग सवाल पूछेंगे वह मैं झेल नहीं सकता। प्लीज, जो चल रहा है उसे चलने दीजिए।” तुषार ने चिंता भरी आवाज में अपनी मां से कहा। शीला भी तुषार की बात सुनकर भावुक हो गई।

शीला: "ठीक है तुषार जैसा तुम कहो। मैं तुम्हारे पापा से कह दूंगी। तुम्हारी खुशी मेरे लिए सबसे खास है।"

तुषार: "ठीक है! पहले की बात और थी पर अब मैं अपनी लाइफ में बहुत आगे निकल चुका हूं और अब मुझे कोई तनाव नहीं चाहिए।"

शीला: "तुम चिंता मत करो। फोन रखती हूं। बाय।"

तुषार: "बाय मां।" शीला ने फोन रखा और जोर जोर से रोने लगी। बहुत देर होने के बाद वह चुप हो गई। वह काफी हल्का महसूस कर रही थी पर उसका किसी से बात करने का मन नहीं कर रहा था। राधिका से भी नहीं। दूसरे दिन रविवार को शीला हमेशा की तरह अपनी बालकनी पर पेड़ पौधों के साथ समय बिता रही थी। बहुत सुकून मिलता है उसे अपने पेड़ पौधों के साथ। आज लिली में नया फूल खिला है उसे देख कर वो अपनी हर तकलीफ को भूल गई थी।

दूसरी तरफ राधिका आज बहुत खुश थी और अपनी खुशी को बांटने वह शीला के पास पहुंच गयीं।

"आज आप कैसे रास्ता भूल गयीं? बहुत दिनों बाद आज आपको देखा।" शीला राधिका के लिए दरवाजा खोलते हुए बोली।

"फुर्सत तो तुम्हें नहीं है अब किसी और के लिए। जब से राजेश जी से तुम्हारी मुलाकात होने लगी है तुमने तो आना ही बंद कर दिया।" राधिका उल्टा शीला की चुटकी लेते हुए बोलीं।

"अरे नहीं! ऐसा कुछ नहीं है। यह सब बेकार है।" शीला ने बहुत उदास आवाज में कहा।

"क्या हुआ शीला? तुम और राजेश जी साथ में रहने का सोच रहे हो ना?" राधिका की आवाज में शीला के लिए फिक्र साफ झलक रही थी।

"कुछ नहीं! आपके कहने पर मैंने तुषार से बात करी थी, अपने और राजेश जी के साथ में रहने के बारे में।" शीला बहुत ही दुखी होकर बोली।

"तो फिर?" राधिका ने बहुत गंभीर होकर पूछा।

"मना कर दिया उसने।" शीला ने सिर झुका कर कहा और उसकी आंख से आंसू छलक पड़े।

राधिका ने धीरे से शीला को शांत कराते हुए कहा, "देखो! कोई कारण होगा तभी उसने मना कर दिया। तुम्हें बहुत गुस्सा आ रहा होगा उसके ऊपर लेकिन अगर तुषार खुश नहीं होगा तो क्या तुम दोनों खुश रह पाओगे?"

"सबको बस अपनी खुशी की पड़ी है। पहले राजेश की फैमिली की खुशी हम पर इतनी भारी पड़ी कि हम अलग ही हो गए और अब बेटे की खुशी के चलते हम अभी चाह कर भी साथ नहीं रह सकते।" शीला का चेहरा गुस्से से तमतमा रहा था और आंख से हल्के हल्के आंसू लगातार बह रहे थे।

राधिका समझ चुकी थी कि अभी शीला से इस बारे में कुछ भी बात करना बेकार है। उन्होंने धीरे से कहा, "वैसे मैं तुमसे एक खुशखबरी शेयर करने आई थी।"

"ओके!" शीला ने जल्दी से अपने आंसू पोछें और गहरी सांस लेते हुए बोली।

“आप तो हमेशा ही खुश रहती हैं पर आज कुछ ज्यादा ही खुश लग रही हैं। क्या बात है?” शीला सोफे से उठी और गिलास में पानी डालते हुए बोली।

“मेरी छोटी बेटी कह रही थी कि वह वापस आ रही है और फिर मुझे अपने साथ ले जाएगी। हम मां बेटी अब साथ रहेगें।” राधिका के आंखों की चमक देखते ही बनती थी।

“अरे वाह! यह तो बहुत खुशी की बात है। आपका ट्रीटमेंट भी अब पूरा हो गया है लेकिन डॉक्टर कह रहे थे कि परहेज करना है आपको। ज्याद पकौड़ी नहीं खानी हैं।”

शीला ने राधिका के लिए पानी का ग्लास टेबल पर रखा और मिठाई की प्लेट उनकी तरफ कर दी। राधिका मिठाई का एक छोटा टुकड़ा लेते हुए बोलीं, “हां पता है परेहज करना है। लेकिन बेटी को बनाकर खिलाऊंगी।”

“हां हां वह ठीक है।” शीला भी उनकी बात सुनकर मुस्कुरा दी और फिर दोनों थोड़ी देर गपशप करते रहे।

*****

दूसरी तरफ राजेश का मन किसी काम में नहीं लग रहा था। शाम होते ही उसने शीला को फोन कर दिया।

राजेश: "हैलो! शीला?"

शीला: "हां! राजेश जी।"

राजेश: "कैसा रहा आपका रविवार। अब तो शाम हो गई। कल की तैयारी हो रही होगी?"

शीला: "हां! बस कुछ कपड़े प्रेस करने को रह गए हैं।"

राजेश: "अच्छा! मुझे भी कल के लिए लेक्चर तैयार करना है।"

शीला: "ओके!" राजेश और शीला इस औपचारिक बातचीत के बाद थोड़ी देर चुप रहे फिर राजेश ने हिम्मत करके पूछ ही लिया।

राजेश: "आपकी तुषार से बात हुई?"

शीला: "हां! वह खुद को इस बात के लिए तैयार नहीं कर पा रहा है कि मैं और आप साथ साथ रहें।"

राजेश: "पर क्यों?"

राजेश ने बड़ी ही तेज आवाज में चिड़चिड़ाते हुए कहा।

शीला: "क्योंकि उसे लगता है कि उसकी लाइफ डिस्टर्ब हो जाएगी।"

राजेश: "डिस्टर्ब हो जाएगी! यह उसकी अपनी सोच होगी।"

शीला: "जो भी है!" शीला ने गहरी सांस लेते हुए कहा। वह जानती थी कि राजेश को तुषार का इस तरह मना करना बहुत बुरा लगेगा इसलिए ही उसने राजेश को फोन भी नहीं किया था।

राजेश: "तुषार को जो कहना था कह दिया। आप मुझे बताइए! क्या करना चाहिए हमें?"

शीला: "अभी मैं कुछ नहीं कह सकती। सब वक्त ही बताएगा। जो चल रहा है उसे चलने दीजिए।"

राजेश: "हमारे जीवन में कभी साथ रहना क्यों नहीं था? पहले हम अपनी बीच की गलतफहमी के चलते अलग हो गए और अब बेटे ने गलतफहमी पाल ली।"

शीला: "हमारे बीच की गलतफहमी का वह भी तो शिकार हुआ था। अब जो हमने किया उसकी सजा तो मिलनी ही है।" शीला यह कहते हुए बहुत भावुक हो गई।

राजेश: "हां, सही है। अब वक्त ही शायद कुछ करे। मिलने आती रहिएगा।" राजेश भी यह कहते हुए रूआंसा सा हो गया।

शीला: "हां, वह तो आ ही जाऊंगी।" शीला ने राजेश को आश्वासन दिया और फिर दोनों फोन पकड़े थोड़ी देर तक खड़े रहे। कुछ देर बाद दोनों ने साथ में फोन काट दिया। शीला ने बहुत ज्यादा सोचना छोड़ दिया था। वह समझ चुकी थी कि इंसान का हर अरमान पूरा नहीं हो पाता और उसको अपने किए का भुगतान करना ही होता है। लेकिन इन सबके बावजूद वह तुषार से बहुत नाराज हो गई थी। उसको फोन नहीं कर रही थी। पर थी तो वह उसकी मां ही इसलिए उसकी याद भी उसे बहुत सता रही थी। अक्सर कमरे में अकेले बैठे बैठे वो रोने लगती थी। लेकिन यह सब बातें उसने राजेश से नहीं कहीं क्योंकि वह जानती थी कि राजेश वैसे ही तुषार से बहुत नाराज हैं और उसका दुख जाने के बाद तो उनकी नाराजगी और बढ़ जाएगी। शीला के बुझे हुए चेहरे को

देखकर एक दिन निकिता ने शीला से पूछ ही लिया,"आंटी! आप ठीक तो है ना?" "बहुत दिनों से देख रही हूं कि आप बहुत ज्यादा ही चुप चुप रह रही हैं।"

"हां निकिता सब ठीक है।" शीला ने बड़ी हिचक के साथ जवाब दिया।

"ओके!" निकिता ने धीरे से सिर हिलाते हुए कहा।

शीला को लगा उसने निकिता को कुछ ज्यादा ही नजरअंदाज कर दिया। उसने निकिता के कंधे पर हाथ रखाए और बोली, "कुछ पर्सनल समस्याएं हैं निकिता। सबको एक साथ खुश रख पाना संभव नहीं हो पाता है।"

"वह तो है आंटी, इतना आसान नहीं होता सब कुछ।" निकिता ने गहरी सांस लेते हुए कहा।

"तुम बताओ निकिता? तुम्हारी और संजीव की बात कहां तक आगे बढ़ी?" शीला को लगा कि उसे भी निकिता के बारे में पूछना चाहिए। बहुत दिनों से वैसे भी दोनों की ज्यादा बातचीत नहीं हुई थी।

"हमने अलग होने का फैसला किया है।" निकिता ने अपना हाल-चाल बताया और अपने होठों को दबाते हुए शीला की ओर एकटक देखने लगी।

शीला के आश्चर्य का तो ठिकाना ही नहीं रहा। उसने कुर्सी घसीटते हुए निकिता के बगल में रखकर बैठते हुए बहुत ही कशमकश के साथ पूछा, "पर क्यों निकिता? क्या हो गया तुम दोनों के बीच? तुम और संजीव तो एक दूसरे को कितना चाहते थे।"

"अभी भी चाहते हैं पर हम शादी नहीं करेंगे और जितना हो सकेगा एक दूसरे से कम ही मिलेंगे।" निकिता ने बहुत ही दबी और रूआंसी आवाज में शीला से अपनी बात कही।

"पर क्यों अलग हो रहे हो? अपने माता-पिता की वजह से?" शीला ने तमतमाती आवाज में निकिता से पूछा।

"उनकी वजह से नहीं बल्कि उनकी खुशी के लिए।" निकिता ने धीमे स्वर में शीला की बात का खंडन किया।

"और तुम्हारी खुशी?" शीला की आवाज में निकिता के माता-पिता के लिए गुस्सा साफ झलक रहा था।

"आंटी मैं और संजीव इतने नादान नहीं है कि कोई गलत कदम उठा लें। अगर सब लोग हमारे संबंध से खुश नहीं है तो फिर हम कभी खुश नहीं रह सकेंगे। इस से अच्छा है कि हम उसे यही खत्म कर दें। मेरे पापा के दोस्त का बेटा है अरविंद। जानती हूं मैं उसे बचपन से। खुश रहेंगे हम सब। और एक बात कहूं आंटी! वक्त सब कुछ सही कर देता है बस हमें उसे गलत होने का मौका नहीं देना चाहिए।" निकिता की बात सुनकर शीला हतप्रभ थी। जिसे उसने हमेशा नादान समझा, वही आज उसकी सबसे बड़ी गुरु बन गई थी।

"निकिता! दिल जीत लिया तुमने तो। तुम हमेशा खुश रहोगी। आज मैं समझ गई कि मैं कभी खुश क्यों नहीं रह पाई? मैंने हमेशा अपने बारे में ही सोचा।" शीला बहुत भावुक हो गई थी निकिता की बात सुनकर।

"नहीं आंटी! आप बहुत अच्छे हो। आप जैसा दूसरों की मदद करने वाला इंसान तो मैंने देखा ही नहीं।" निकिता धीरे से शीला की हथेली पर अपना हाथ रखते हुए बोली।

“गलतियां तो सबसे होती है आंटी! किसी को पता तो नहीं होता है ना की हम जो करते हैं उसका परिणाम क्या होगा।”

“मुझे बहुत खराब लग रहा है निकिता तुम और संजीव एक नहीं हो पाए पर दूसरी तरफ खुश भी हूं कि तुम दोनों ने सबकी खुशी का ख्याल रखा।” शीला निकिता की तरफ देखते हुए बोली और उसकी आंखों में खुशी के आंसू छलक आए।

दोनों बहुत देर तक एक दूसरे की बातें अच्छे दोस्तों की तरह सुनती रहीं, जो वह दोनों पहले से ही थीं।

*****

आज बहुत दिनों बाद शीला ऑफिस से आकर तुरंत राधिका के घर चली गई। राधिका की छोटी बेटी शिखा उन्हें लेने के लिए आ गई थी। एक हफ्ते बाद शिखा उन्हें अपने साथ लेकर जाने वाली थी। "नमस्ते आंटी!" शिखा ने दरवाजा खोलते हुए कहा।

"नमस्ते बेटा! पैकिंग हो गई सारी।" शीला अंदर घुसते हुए बोली।

"हां आंटी लगभग, मम्मी को तो सारी यादें ले जानी है इस शहर की।" शिखा बोली।

"हां, बहुत अच्छा समय बिताया हमने।" शीला ने बड़ी संतोष से भरी आवाज में कहा।

"अरे शीला! आ गई अस्पताल से?" राधिका ड्राइंग रूम में प्रवेश करते हुए बोलीं।

"हां बस थोड़ी देर पहले ही आई हूं। आपसे मिलने का मन हुआ तो चली आई।" शीला ने जवाब दिया।

"बहुत अच्छा किया।" राधिका ने खुश होते हुए कहा।

"अच्छा आंटी आप दोनों बातें कीजिए तब तक मैं चाय बना कर लाती हूं।" शिखा उठी और किचन की तरफ चल दी। शीला ने गहरी सांस लेते हुए कहा, "आपको पता है निकिता और संजीव अलग हो गए।"

"हां!" राधिका बोली।

"एक दिन फोन आया था उसका।"

"तो फिर आपने बताया क्यों नहीं?" शीला ने धीमी आवाज में आश्चर्य के साथ पूछा।

"निकिता को यह बात तुम्हें खुद ही बतानी चाहिए थी। तुम दोनों को ही एक दूसरे के साथ काम करना है। थोड़ा वक्त लगा पर उसने तुम्हें बता दिया ना?" राधिका ने अपनी बात कह कर शीला से प्रश्न किया।

"हाँ, मैं अपने में इतनी उलझी थी कि उसका हाल चाल लेना भूल ही गई थी शायद इसलिए इतना वक्त लगा उसे बताने में। मुझे बहुत खराब लग रहा है उसके लिए।" शीला ने गीली आंखों के साथ कहा।

"अब जो भी है शीला, पर वह खुश रहेगी। मुझे भरोसा है, और तुम दोनों एक दूसरे का ख्याल रखना।" राधिका भी बड़ी रूआंसी आवाज में बोलीं। तभी शिखा चाय लेकर आ गई। शिखा को देखकर दोनों ने अपने अपने आंसू पोंछे और मुस्कुराने लगीं।

"हमम्......... लगता है मैं गलत समय पर चाय लेकर आ गई। आप दोनों की कुछ पर्सनल बातें चल रही थीं।" शिखा टेबल पर चाय की ट्रे रखते हुए बोली। "अरे नहीं रे! तू बैठ यहीं हमारे पास। हमारा तो ऐसे ही चलता रहता है।" राधिका शिखा का हाथ पकड़ कर बोलीं।

"हां, वह तो मैं समझ गई। जब से मैं यहां आई हूं तब से बस आपकी और निकिता दीदी के ही किस्से सुन रही हूं। मां बहुत खुश रहीं आप दोनों के साथ। थैंक यू आंटी! टू टेक केयर ऑफ माय मॉम।" शिखा ने बड़ी ही शालीनता के साथ कहा।

"थैंक यू!" शीला ने बड़े ही आश्चर्य के साथ कहा।

"थैंक्यू तो मुझे राधिका जी का कहना चाहिए। इन्होंने मुझे फिर से पहले जैसा बना दिया।" "अच्छा अब तुम दोनों यह

शिष्टाचार वाली बातें बंद करो। अब चाय के साथ कुछ मजेदार बातें करी जाए।" राधिका ने दोनों के इस थैंक्यू के आदान-प्रदान पर रोक लगा दी। फिर राधिका और शीला, शिखा को अपने मजेदार किस्से सुनाने लगे। अपनी अनबन के भी और अपनी मस्ती के भी।

*****

राधिका से मिलकर आने के बाद शीला जहां एक और बहुत खुश महसूस कर रही थी वहीं दूसरी ओर राधिका के जाने की तकलीफ भी उसे बहुत थी। उसने सोच लिया था कि जिस दिन राधिका को जाना है उस दिन राधिका के लिए पूरा खाना वह खुद बनाएगी। खाना बनाने में तो वह उस्ताद थी ही और दूसरों को खाना खिलाने का भी उसे बड़ा शौक था। यह अलग बात थी कि बहुत सालों तक उसका यह शौक सोया हुआ था। इन सबके बीच एक बहुत महत्वपूर्ण काम उसे अब करना था और वह था तुषार से बात करने का। उसके अंदर इतनी हिम्मत तो नहीं थी कि वह उससे माफी मांगती पर कम से कम उससे बात करने की शुरुआत तो कर ही सकती थी। रात के 9:00 बज रहे थे, तुषार ऑफिस से आ गया होगा यह सोचते हुए उसने मोबाइल उठाया और बिना ज्यादा कुछ सोचे तुषार को फोन लगा दिया।

शीला: “हेलो! तुषार?”

तुषार: “हां मां!” तुषार की आवाज सुनकर उसकी खुशी का ठिकाना नहीं रहा। किसी तरह से उसने अपनी खुशी को नियंत्रित किया।

शीला: “नाराज हो?”

तुषार: “मुझे तो लगा आप मुझसे नाराज हैं।”

शीला: “अच्छा! तो फिर तुमने फोन क्यों नहीं किया?”

तुषार: “आपने भी तो नहीं किया?” मुझे लगा आपको मेरी अब याद नहीं आती।”

शीला: “बहुत आती है तुम्हारी याद। तुम तो मेरे लिए इस संसार में सबसे बढ़कर हो।”

तुषार: “अच्छा! मुझे तो लगा पापा का स्थान आपके जीवन में सबसे पहले है।” तुषार ने बनावटी हंसी हंसते हुए कहा।

शीला: “तुम दोनों ही मेरा संसार हो।” यह कहते हुए शीला का गला भर आया।

तुषार: “वैसे मां! मुझे लगता है स्वार्थी हो गया हूं मैं।”

शीला: “नहीं! अपने और अपने परिवार के बारे में सोचना स्वार्थी होना नहीं होता। तुमने तो हमेशा सबका ख्याल रखा है। मैं और तुम्हारे पापा अच्छे पति पत्नी तो नहीं बन पाए पर अच्छे दोस्त हमेशा से थे, शादी के पहले से ही। अब फिर से अच्छे दोस्त बनकर रहेंगे। शायद तभी हम एक दूसरे का ख्याल रख पाएंगे।”

तुषार: “दोस्ती से अच्छा तो कोई संबंध नहीं होता। आप दोनों को एक दूसरे की जरूरत है। मुझे पूरा यकीन है कि आप दोनों इस रिश्ते को बहुत अच्छे से निभाएंगे। आप और पापा दोनों बहुत अच्छे हैं।”

शीला: “तुम भी तुषार! आई एम प्राउड ऑफ यू।”

तुषार: “ठीक है मां! फोन रखता हूं। शोभा खाने पर इंतजार कर रही है।”

शीला: “हां हां जाओ जल्दी खाना खा लो। तुम और शोभा हमेशा खुश रहो। मेरा आशीर्वाद हमेशा तुम दोनों के साथ है।”

तुषार: “ओके मां! बाय।”

शीला: “बाय तुषार।” दोनों मां बेटा ने साथ में फोन रख दिया। दोनों ही अब बहुत खुश थे। एक दूसरे के लिए जो उनके मन में

शंका थी वह पूरी तरह से खत्म हो चुकी थी। शीला वैसे भी अपने बेटे को बहुत प्यार करती थी गुस्सा होने के बाद भी उसका सारा ध्यान हमेशा तुषार पर ही रहता था।

*****

एक हफ्ता कैसे बीत गया पता ही नहीं चला और राधिका के जाने का दिन आ गया। आज शनिवार था, शीला की छुट्टी तो नहीं थी पर उसने आज अस्पताल से छुट्टी ले ली थी। राधिका की ट्रेन रात की थी तो उसने मौके का फायदा उठाते हुए राधिका और शिखा को दोपहर साथ में लंच करने के लिए आमंत्रित कर लिया था। क्योंकि शीला ने छुट्टी ले रखी थी तो निकिता छुट्टी ले नहीं सकती थी इसलिए वह शाम को आने वाली थी राधिका को सी ऑफ करने। आज का दिन शीला के लिए और भी खास था क्योंकि लंच पर राधिका के अलावा राजेश भी आने वाले थे। राजेश की बहुत इच्छा थी कि वह राधिका से मिले तो मौके का फायदा उठाने से वह भी नहीं चूके और शीला को कह दिया कि वह सबके साथ लंच में शामिल होंगे। बहुत सालों बाद राजेश आ रहे थे तो शीला ने जमकर अपनी पाककला का उपयोग किया।

लंच के वक्त सब लोग राजेश, शीला, राधिका और शिखा साथ में बैठकर शीला के हाथ के बनाए लजीज खाने का मजा ले रहे थे। राजेश, राधिका से पहली बार मिले थे पर शीला के मुंह से उनकी काफी तारीफ सुन चुके थे। जैसे शीला ने राधिका के बारे में राजेश को बताया था वैसा ही राजेश ने उनको पाया, जिंदादिल, हंसमुख और सबका ख्याल रखने वाला। राजेश प्लेट में चम्मच घुमाते हुए बोले, “राधिका दीदी, मैं आप से पहली बार मिला हूं पर लग नहीं रहा है कि यह हमारी पहली मुलाकात है।”

राधिका राजेश की तरफ देखकर मुस्कुरा दी और बोलीं, “आपके मुंह से ‘दीदी’ सुनकर बहुत अच्छा लगा। मैं खुद आपसे बहुत प्रभावित हुई राजेश जी। शीला की पसंद अच्छी थी।” राधिका ने शीला की ओर देखते हुए कहा। शीला भी थोड़ा शर्माते हुए मुस्कुरा दी। शिखा ने भी अपनी मां का समर्थन किया, “हां शीला आंटी,

राजेश अंकल बहुत अच्छे लगे मुझे भी।" राजेश भी शिखा और राधिका की बात सुनकर हंसने लगे। राजेश राधिका की तरफ देखते हुए बोले, "पर हम दोनों आपका एहसान कभी नहीं भूलेंगे। आपने हमें अपने बेटे को खोने से बचा लिया।" इसमें मैंने कोई एहसान नहीं किया। जो जीवन के अनुभवों से सीखा वही आप दोनों को बताया। शीला और आप तो मेरा परिवार बन चुके हैं। इस नाते तुषार भी मेरे बेटे जैसा ही है। परिवार में सब की खुशी जरूरी है। आप और शीला भले एक घर में नहीं होंगे फिर भी मुझे पूरा यकीन है कि आप दोनों एक दूसरे का बहुत ख्याल रखेंगे।" राधिका ने बड़ी सरलता के साथ राजेश को जवाब दिया। राजेश राधिका की बात सुनकर बड़ी ही आत्मिक शांति महसूस कर रहा था। और शीला भी बहुत खुश थी कि उनके जीवन में राजेश और राधिका जैसे अच्छे इंसान हैं। खाना खत्म होने के बाद राधिका और शिखा अपने फ्लैट को चले गए। उन्हें अभी थोड़ी सी पैकिंग और करनी थी। राजेश शीला के यहां ही रुक गए। राजेश ने बड़े ही संकोच के साथ कहा, "शीला! एक कप चाय हो जाए?" शीला सोफे से तुरंत मुस्कुराते हुए उठी और बोली, "बिल्कुल हो जाए! बहुत साल बाद आप और मैं एक साथ अपने घर में चाय पिएंगे।" यह कहते हुए शीला सोफे से उठी और तुरंत किचन की ओर चल दी। "हां!" राजेश ने बस इतना ही कहा। शीला थोड़ी देर में चाय ले आई और दोनों चाय की चुस्कियां लेने लगे। दिनों बाद उन्हें अपने घर में साथ में बैठकर सुकून से वक्त बिताने का मौका मिला था। दोनों ने बहुत सालों तक जो गलतफहमियां पाली हुई थी वह अब खत्म हो गईं थी। दोनों अच्छे दोस्त की तरह एक दूसरे का साथ निभाने को तैयार थे। शीला जानती थी कि उसे आज जो खुशी और मन की शांति मिली है वह सिर्फ राधिका की वजह से है। राधिका तो उसके जीवन में दूत की तरह आई थीं जिसने उसकी सोच को एक नई

दिशा दे दी थी। और वह अब जब जा रही थी तो उसका मन बस यही कह रहा था कि वह उन्हें किसी तरह से रोक ले। लेकिन वह जानती थी कि उनके लिए उनकी बेटी का साथ बहुत खास है।

*****

राधिका की ट्रेन 9:00 बजे रात की थी और उन्हें घर से 7:00 बजे निकलना था। शाम के 6:00 बजे थे और निकिता भी बिना समय गवाएं अस्पताल से निकलकर राधिका से मिलने आ चुकी थी। निकिता राधिका को गले लगाते हुए रूआंसे गले से बोली, "आंटी! याद आएगी आपकी।" राधिका भी निकिता की बात सुनकर भावुक हो गई। उसके दोनों गालों पर हाथ रखते हुए बोलीं, "अपनी शादी में बुलाना मुझे।"

"हां आंटी! आपके बिना तो मैं शादी करूंगी ही नहीं।"

"मैं जरूर आऊंगी! मेरा आशीर्वाद हमेशा तुम्हारे साथ है। ऐसे ही हमेशा समझदारी से सब कुछ करना जीवन में।"

शिखा ने सारा सामान लाकर हॉल में रख दिया था। 1 घंटे कैसे बीत गए पता ही नहीं चला। शिखा ने स्टेशन जाने के लिए टैक्सी पहले ही बुक करा ली थी जो कि ठीक 7:00 बजे आ गई थी। सोसाइटी के गार्ड खुद से ही अपनी प्यारी राधिका आंटी का सामान नीचे लेने आ गए थे। सोसाइटी गेट पर लगभग आधी सोसाइटी आ गई थी। मिसेज शर्मा, मिस्टर एंड मिसेज मल्होत्रा, शीला की ऊपर वाली मिसेज कश्यप, सब लोग राधिका जी को 'सी ऑफ' करने के लिए मौजूद थे। शीला तो बहुत सारे लोगों को पहचानती भी नहीं थी। शीला ने धीरे से राधिका के कंधे पर हाथ रखते हुए उनके कान के पास जाकर कहा, "राधिका जी! मैं कहती हूं अभी भी वक्त है मत जाइए। इस बार इलेक्शन में आपकी जीत पक्की।" राधिका ने भी शीला के कान के पास जाकर मजेदार जवाब दिया, "पर इस नकचड़ी शिखा को कौन समझाएगा? लाडली है यह भी ना मेरी।" शिखा राधिका के बगल में ही खड़ी थी। उसने मुंह बनाते हुए धीरे से राधिका के कंधे पर मारा, "क्या मम्मा, आप भी?" राधिका ने भरी आंखों से शीला को गले लगाया। फिर राजेश, निकिता और

सोसाइटी के बाकी लोगों से मिली। राधिका और शिखा सबको हाथ हिलाती हुई टैक्सी में बैठी और फिर उनकी टैक्सी स्टेशन की ओर चल पड़ी। सब लोग चुपचाप खड़े टैक्सी को जाता देखते रहे जब तक वह उनकी आंखों से ओझल नहीं हो गई। सोसाइटी के बाकी लोग धीरे-धीरे करके अंदर चले गए लेकिन निकिता, राजेश और शीला काफी देर तक चुपचाप वही खड़े रहे। फिर राजेश ने धीरे से शीला के कंधे पर हाथ रखते हुए कहा, "शीला! राधिका दीदी भले ही हमसे दूर चली गई हैं पर उन्होंने तुम्हें ही नहीं बल्कि हम सभी के जीवन को नई दिशा दे दी। और फिर उनके दूसरे शहर चले जाने से तुम सब की दोस्ती थोड़े ही कम हो जाएगी।" शीला ने भी राजेश के हाथ के ऊपर हाथ रखते हुए कहा, "हां! वह तो है।"

"हां आंटी और क्या? अब तो राजेश अंकल भी हमारी गैंग में है।" निकिता राजेश की तरफ देखते हुए बोली और हल्के से मुस्कुरा दी। निकिता की बात सुनकर राजेश और शीला हंस पड़े। निकिता ने फिर राजेश और शीला को बाय किया और घर की ओर चल दी। राजेश और शीला वहीं सोसाइटी में थोड़ी देर तक साथ साथ टहलते रहे और हल्की-फुल्की बातें करते रहे। फिर थोड़ी देर बाद राजेश ने भी शीला से विदा ली और दोनों अपने अपने रास्ते को हो लिए। पर अब दोनों यह समझ गए थे कि उनके रास्ते कितने भी अलग क्यों ना हो, उनके जीवन का मकसद अब एक दूसरे का ख्याल रखना है।

*****

जीवन में एक लंबी कश्मकश के बाद शीला बहुत सुकून से थी। अब वह यूं ही बालकनी में खड़े होकर मौसम का लुफ्त उठाती और उसका साथ देने अक्सर राजेश आ जाते। निकिता और अरविंद की मंगनी हो गई थी। संजीव भी आया था उसकी मंगनी में पर एक अच्छे दोस्त की तरह। उधर राधिका की बात ही अलग थी। वह शिखा का पूरा ख्याल रख रही थी। शिखा ने जो बचपन में कमी झेली थी वह अब पूरी हो गई थी। जब भी राधिका को सब की याद आती थी तो शिखा वीडियो कॉल करा देती थी। सब अपने अपने जीवन में रम चुके थे और जीवन चक्र धीरे धीरे बढ़ता जा रहा था।

## समाप्त

www.ingramcontent.com/pod-product-compliance
Lightning Source LLC
LaVergne TN
LVHW091121150826
845673LV00002B/927

* 9 7 9 8 8 9 2 7 7 6 0 7 3 *